U0068514

且向花間留晚照

黃雅莉——著

卻顧所來徑——自序

「殷勤昨夜三更雨，又得浮生一日涼」，中年的人生，總像初秋的雨，來得殷勤而無序，讓天地之間充溢著蒼涼。在我為這本書寫序時，驚覺生命的秋天，疾行而至。

距離我的第一本散文集《浮生心情》，到現在的出版這本集子，竟然是二十八載之後了。沒有想到在二十八年之後，我竟然又重拾興趣寫起了散文。

二十八年前，我所處的世界還相當質樸，不若今天這麼變動無方，複雜多元。自從成為一個社會人之後，發現必須面對的事情愈來愈多，太多的日復一日的單調重複，越來越快速的生活節奏，使人的感覺麻木。循規蹈矩的人只顧埋頭走路而忘了停下腳步回望。原來老去的過程就是逐漸木石化、機械化的過程，不再有善感的幽思、具體的形象、生動的描述、深刻的形容，只把注意力消耗在單調的生活奔忙中，在既定軌道上，似枷似框，如是而已。我由此而失去了創作的能力，以至於把年輕時代對創作的眷懷漸漸遺忘，不免驚心。

在這個日漸疏離冷硬的時代、對立吵雜的社會，積極一點的人會關心政治，投入街頭抗議活動，有心一點的人只是盲從暢銷書排行榜或網紅。消極一些的大多數低頭族只關心手機那一小方視窗裡的新鮮趣聞，習慣速讀網路唾手可得的資訊，有多少人會停下腳步品味散文的悠長深刻？還有多少人在乎一本新書的問世？這本散文集的出版，對這個時代而言，其實也沒有多少意義，但對我而言，多少意味著試圖尋找失落已久的一份寄託。

我漸漸了解，有的生命注定不會開花，有的生命縱使不開花也會結果；不開花的並非是悲哀，會結果的也絕非是炫耀。一切都是自然造化。五十歲的人生，應該有的都有了，命中求不來的也就放手了，多了自在，做事情沒有功利目的，創作變得非常的單純，僅僅安安靜靜的反思年歲漸長後的心情。我漸漸喜歡忙中偷閒地栽種一塊小小的園地，為自己安排一片心靈歇止的淨土，將反覆思考的問題寫出來。有自己的心情、朋友的故事，有經歷過的、也有聽說來的，有一些灰暗讓人不想面對的，也有一些美好讓人放在心中感恩。我努力想找到複雜世界以外的那份純粹，幸運的，在現實中找不到的，反而在寫作的世界找到安定的力量。我斷斷續續的寫，走走停停的寫，改了又改的寫，思考著生命與歲月。生活的我和書寫的我，偶有錯置；感性的我和理性的我，偶有摩擦，但創作可以訓練我與文字之間進行更精確有效的互動關係，人是依賴書寫來釐清內在與外在的關係。寫作反而成為我中年人生的一種休閒方式，在創作的過程當中身心得到放鬆，無形中治癒我的焦慮和壓力。我體會到，人生在世，還能閱讀、思考、寫作，這是多麼幸福。

這些像碎片般的檔案存在我的電腦裡已經多時了，有些是二十多年前的舊作，還有近年來不同人生階段的心情留載，大多是在忙碌中而成為斷章殘篇，當我回望的時候，就像一個小鋪子的店掌櫃在盤點自己的存貨一樣，很快的就盤點出個結果來了。我發現自己二十多年來寫的東西其實不多。撫閱這些作品，真是「情不知所起，一往而深」，想來還是對文字有所眷懷，不然，一遇陌生人就容易緊張不自在的我，怎會在內心深處，渴望能寫出一篇篇通順的文章和認識與更多不認識的讀者交流呢？

在整理這些舊稿時，思考該以何種方式來進行分類。本來想以主題分類，而後我發現這些舊作之於我意味著對人生不同階段的回望，於是便依作品完成的人生階段分為「青春密語」、「而立風景」、「不惑人生」、「知命之思」。不管我正處於而立之年還是不惑之年還是知命之年，在回望的時候，總可以看到青春打馬而過，或喜或悲中，我也把青春重走了一遍又一遍。

回望過去其實是為了更好的展望未來，在走過五十年的生命行程之後，發現人在解決了人和物、人和人的關係後，最終要面對的是自己和內心的關係。寫作彷彿是一趟心靈的旅程，每一次的挖掘都像看到新的風景，當我在寫作的過程如孩子單純地分享生活，我不僅更用心過日子，也更懂得用開闊的心，去面對人生的每一種遭遇、每一種處境。

此際，窗外的清秋冷月懸在清寂的天宇，我想，人生之秋，就是這種氛圍，寧靜中自己和心靈進行對話，思考也該隨秋色一道成熟。我心目中散文的本色始終是秋色、是誠懇、是謙懷，是沒有機心的真摯。我選擇在生命的秋天回到散文的世界。同時，每一次當我坐下來寫作的時候，就算寫不好，也心懷感激，慶幸我能藉此讓心靈不衰老。漸漸覺察，對人生的反思最好的方式，不是那些表現專業知識的學術論文，而是寫作。不再自卑於自己的貧乏，不再羞愧於自己的老去。抽離那些理論分析，摒棄學術競技場的銳色與冷寂，我的感性自剖反而更清明。我把寫作當成是中年人生的一場豔遇，是意外的重逢，同時也是再續前緣的渴想。儘管寫作使我發現自己的欠憾與軟弱，卻也讓我獨處的書桌前仍然可以保有一個人內心的富足與深刻。

這本書收錄的三十多篇散文，前後隔著是二十多年來的斷續，其中有我步入五十歲之後的人生感懷，歷經花開花落後的獨白，也有著我從教學與工作中所體會到的理性與澈悟、真誠與坦率。站在時間的彼岸，回望過去，與昔日的自己兩兩相望，同時也看見了時光帶來的變化。文字成為連接那一刻和現在的橋樑。正是時間的流逝才創造回望的意義。

我終於在年過五十之後尋回初心，許應當年對寫作的一份真誠。感謝在此停步的朋友們，當您翻到這一本書時，對我而言，是十分令人珍惜的事。眼看著我二十多年來的成長就要開始呈現在您的面前，而成就您我之間的緣份了。

目次

輯二：而立風景

輯三：不惑人生

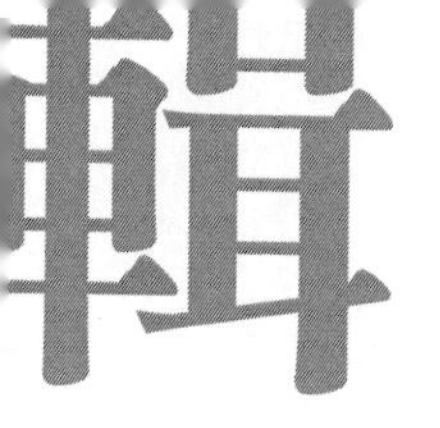

輯一

青春密語

夜中書

此時，夜的縷衣已卸，小樓獨對瘦月顫星，我呆坐如木雕於桌前，書籍是凌亂的，而稿紙卻攤開一片無望的空白，思緒已不再飛翔。飛翔是一段慘綠的舊事，薄翼如此無助的垂著，疏疏的垂著淚。兩淚滴落。如歌行板流洩滿地，一點一圓寂，一滴一世界，點出寧謐、滴出靜寂。靜寂已在我們生活裏夭亡；叫囂總是很豐富的。白晝時，它橫行在每一條街衢，我們往往設法逃避它的追捕。如果還能稱之為享受的，恐怕只有此時此刻—當市聲死去，靜寂中聽夜的獨來獨往，認識孤獨與寂寞乃廉價而適意的享受。人的虛矯的配額在白天已經用完，夜晚承諾了無數的愛情、友情，人開始恢復了自己，尋找真實的自，也許夜比白晝更可愛，至少它具備自己的性格，我隱隱然看到生命的最初，回向意根，縱然亦有所思，乃在塵俗之外，鹹酸之外。

半個城市已經死了，即使是隱約的幾盞燈，也不能照澈夜的黑暗，是否以為孤寂呢？孤寂或許就是定力組合的驅力，在那審慎的眉宇之後，生命力量便在此澎湃了起來。目光開始伴隨筆尖在白紙格梯上徜徉，專心一致朝向緊閉的扉頁，難道神就在那兒？果真如此，那麼它的面貌又將如何？心裏總在靜謐之中用不可言宣的態度在意識中尋找，那一縷真實的存在，一縷更纖淨、一如破曉凜冽水滴的真實。此刻的欲望，單純若此，求真而已。對真的嚮往，不容摻一點水，但有幾多是真？許多形象在層層外衣的包裹裏，哭與笑從某個角度觀察，無非是外殼迴異，內容相同的道具；悲與喜不過是相扣以生的交替輪迴；噓聲與喝采同在一瞬間。如果認為抓住了些實體，乃是自我的欺騙，何等荒謬，何等荒謬！

時間的鏡面，任何投影，只是一片霎時回映的雲煙。一年又走近一個驛站，季風一目十行讀亂了我的字句，縱然悲哀，誰能把杳去的找回呢？或謂悲哀是一種鍛鍊，鍛鍊的慾念透露在成長的幻想裏。從人生的沙灘上走過，我喜歡一路檢視曾經留下的足跡，但我的一行腳印，即使踏陷一尺，在微微的風後再難找尋。被時間淘汰的事物越來越多，有意或無意。而淘汰對我們來說，是忘卻的名詞。許多名詞應該刪掉，名詞將我們帶入了陷阱，甚至是無奈中的自欺。只有笑它廉價，奈何笑並不代表真正的快樂，許多笑是一種裝飾品。

我的想像常越出類似實體，似是無端，必也有端，像流水浮雲，飄著未知，未知之境，神在其間。過往變得很抽象，也試圖把過往覆蓋起來，用事如春夢作解，或許這樣就可以在繁複的生活中率直的求取單純的心靈。但怎麼能夠呢？我無法從夢裡擦掉許多印象分明的事物，因為那是生命的實體——重顯在記憶之中，一度熟悉，一度接觸，一度因這樣的夜，一聲聲從沉澱的心中爬出來。我曾為此心酸，任何良辰美景，到頭來都會變成回憶上泛褐的背景。歸根結底，生的本身似乎離不開無奈。年來的確到了無可悲喜處，倒不如空曠能細讀，平淡能得些享受。

在這半夢半醒的懊惱裏，深藏在詩句裏那種蒼涼古樸的細緻每每騰化出遊，贏得了這虛無心靈的迎擁與嚮往。想像是書生燈下磨劍、神馳目遊的夜晚，此樣的情境一旦延伸起，精神便開始向外逸走，在無垠的空間裏湧動。時間就這樣，我可以獨自消耗許多，一切都那麼靜、那麼慢，恍惚間覺得一切都值得記憶，也可以淡忘。自覺遲鈍懵懂，如鴕鳥把頭埋在沙裏般的意蒂牢結。但我的遲鈍懵懂只是短暫的痙攣，心思浮沉於虛無和真實之間，過去和未來，短暫和永恒，轉折交替地刺激我易感的心靈，如風雨，如箭矢，催我甦醒面對自己。

我真的不怕將自己的內在以蒼涼的的姿態展現，或者那樣可以使我成為矚望將來而不忘過往的人，可是我怕深夜的偶然凝竚，因為我看到的不只是自己，在靜寂中更加澈悟自己虛無的存在。我曾貪厭，我曾驕瞋，我曾癡凝，曾有種種虛榮的希冀，一旦入迷，歡呼與掌聲就是一項負擔。那時，最需要的就是整個的孤獨起來。雖然喝采眩人，悵惘也由此而生。不知是誰說過的：不希望者永遠不失望；不企盼者，亙古無悲哀。那樣的無所希冀是我所不能完成的夢境。說我的生命在那些夢境裏，總覺得有些惑然。所幸，文學家筆下的夢境恒常存在，過去，現在，一如未來。於是，我心中也有一方自我完足式的夢境，我試圖不讓鶯啼驚夢，不讓浪花淘夢成今古。

讓我滿飲這盃生命的流觴，自夢境多險巇的懸崖走下，則我不復更醉。千餘日醉裏挑燈夜思的日子也許只是一種曉寒殘夢，或者僅僅是一片燈火闌珊，但是那份更接近原始的感覺已然可以遮掩它的不足。當然有一天我會慶幸「這輩子總算沒有白活」，因著同樣的夜，擁有過醉意的逍遙，生命在此漸次覺悟，即使夢而無歌，醉而無淚，都彷彿已無關宏旨了。

風涼涼吹著我失卻睡意而醒著的那顆心，夜的寧靜是水樣空靈，彷彿這世界正以它古老的沉著在嘲弄我難得湧動的感情。長夜將盡，即使夢裏無歌，我也該入夢了吧？願能夢著一泓的星輝月光將我深深的圍繞。我覺得把自己完全交付給巨大的闃黑是一難得的幸福。

——本文原刊於民國七十八年一月《明道文藝》

冬雨

天氣冷到一個程度，就開始落雨。

在這天際蒼茫、驟雨飄風的季節裏，下課鐘聲敲得特別響亮，揮揮蓬散的長髮，甩掉五十分鐘的心不在焉，我徐徐地走出塵封的扉頁。

向晚時分，滿室的清冷已凝成觸手可及的實體。校園被晚風灌得太荒涼、太荒涼，加上斜風細雨助紂為虐的結果，黑暗便隨著這份冷悽款步而至，我看看火車時刻表，時候不早了，我得快步疾行爭取時間。

然而，冬雨中的行程似乎特別長、特別慢，無言的沉默負載著超速的隆隆聲，一聲聲像回憶，像抓不住的感傷，流遍車廂內的黃昏，是那種教人心悸的人為律動。車廂內的乘客，幾乎無例外的，一張張凝重僵硬的臉，陪襯一列馳騁的慵懶，緊緊貼著無邊無涯的冷天。

冬天的雨就像這一列長嘯前行的火車，從天上來到人間，在一定的雨路軌道上前行，一聲呼嘯是一個停駐，一個停駐是一個漸進曲，是誰說過：人生一世，去若朝露？像這列車在起站與終站中激奔，時序遞轉，這樣走來走去，有了風有了雨，就有了冷和熱，有了春夏秋冬。當它們滴落的時候，我就那樣默默地坐在生命的列車中細數著時間。許多時候，人的日子也像雨一樣——一搭一搭滴落下去，屬於年月的、時日的、瞬間的……，一截截的時光列車接下去，中間不能停、不能斷，終點是死亡。

伏在車窗看窗外的美景朦朧，朦朧裏有蘆葦的低聲嘆息，有溪流的深深默禱，有紅花雲泥於無情的風殘，我竟對這股鏡破後纏綿悱惻的淒美，賦以滿心悽悽，雖然未經滄海，也感染透衣如水般的淒涼。那微風細雨遽而轉急原也是少年愛詩的心事。雨的氣息裏有那濃郁的飄霧，飄進這冬深的藝術圖畫裏，畫裏有的是意象、是幻想、是回憶，車窗外斷片的痕跡積壓著歲月的已知與未知，平添幾許長嘯意，長嘯那大地無終極、人命若朝霜，長嘯那蕭蕭哀風逝，淡淡寒波生。

雨仍落著，頻頻叩打玻璃窗，雨水把世界布置得幽冥昏黯——這樣一個朦朧黯淡而又多愁緒的傍晚。

下了火車，趕回台北，整個盆地的天空仍然落著令人沮喪的冬雨，大點大點的雨嗶嗶剝剝的打在每個人身上。下雨的城市，是一部黑白的影片。人的車、人的臉，全部罩在一片陰濕裏，像一塊扭不乾而發霉的海綿。街道上，除了偶爾掃射過幾束車燈的光線，大概只有那碎鑽石般的水花在油亮亮的路面還剩幾分生氣，在森冷潮濕的黃昏，散發出孤寂的微光。

一個沒有提傘的女子匆匆趕過馬路，露出一個狼狽的笑容，給我看到了，她發覺一個陌生的人用憐惜的眼神望著她，忽然含情脈脈的低下頭來，走遠了。灰色的市容裏，一點感情的閃光。

森冷的大雨裏，佇立於中正紀念堂前的階梯，靜靜地看著「大中至正」的牌坊，那分莊嚴肅穆，在交織朦朧的銀色世界中裸裎。打在廣場石板上淅瀝濺起的水花，似無數踢踢蹉蹉、永不歇息的腳步聲，匆匆疾行，一去無回。這種感覺在「意與景會」的想像中，一會兒是氣貫長虹的英雄豪傑，叱吒風雲，復仇聲中鳴金擊鼓：一會兒是千古浪淘盡的舊事，在萬年長新的大地，載浮又載沉；一會兒像是一波接著一波此起彼和的掌聲，讓我的精神抖擻。

多愁善感裏的意氣飛揚，一種孩時的回憶，年少的情懷，都在雨聲裏點燃、熾烈。一雨之後，心頭便不油得升起一重濛霧，一陣茫然。前路不見的迷濛，漫長無聊的寂寞，陰晦溼淋的疲澀，冬日的雨，無論如何是喧嘩不起來的。那飄雨的日子多了，便不再有隔岸觀火的心情，在久雨霏霏，霉得太久後，我真想望如飛鳥遨遊天際，在一串串如花飄般零落的瑣屑中，我試圖找尋太陽旋轉的起始，我幾乎可以抽身而出，平靜地告訴你內裏的澎湃和擁擠。

生命真如一場雨？你曾無知地在其間悠遊，也曾痴迷地在其間沉吟—但更多時候，你得忍受那些寒冷和潮濕，那些無奈的寂寥，並且以晴日的幻想度日。

雨仍是無邊無際地灑著，黃昏也已過去了，只是那清晰硬朗的聲音仍然持續，像樂譜上一個延長的符號，有一種蒼涼，濕淋淋的蒼涼。在不經意中，瞥見屋裏的燈光，忽然升起一股溫馨的感覺。小巷的水漬、泥絮，猶如一首晚唐的律詩，毫無緣由的美。

不想那風疏雨驟何時淒然駐足，何時哀哀告別，只願汲飲雨後殘留在芭蕉葉上剔透的水珠，品味融晃在其中的一脈深情。

只願我仍能發光，一如屋內的燈──在每個黑暗淒冷的雨夜。

只希望在有限的時間裏瀏覽所有無涯的青空、漠然的空曠。那波動的微風掠過沉沉的靜默，把影子留給冷冷的雨聲。

──本文原刊於民國八十年一月十五日《青年日報副刊》

換季

在台北這座城裡，夏季上演得太長，秋色就不免出場得晚些。但秋是永遠不會被混淆的。從行道樹的葉子上，從空地的草皮上，可以獲得換季的自然訊息。這時陽光變得淡了，每一棵樹都塗上一層金黃的秋色，夕陽的餘暉下，遠處連綿的山脈也變得蕭瑟疏淡了。漸漸地，天空變得更高更藍地澄澈起來，濃綠日漸稀薄，氣候變得乍暖還寒，一切顯示夏季的繁盛與喧鬧漸行漸遠，熱烈的夏日情懷轉眼即將逝去，清秋的景象在逐漸地清晰顯現。

每當由夏轉秋之際，總不免泛起淡淡的哀愁。同時又會帶有幾許新鮮與喜悅，這真是一種矛盾複雜的心情。

躋身於東區的街道中，感覺，台北像是永不歇息的大輪盤。帶著慵懶的倦怠，一種在心頭漸暖的喜趣和失落的酸楚，走向踵接肩摩的人群。每家服裝店或服裝銷售部門，都在舉行「夏裝大減價」，各式「跳樓大拍賣」的大紅條幅舉目皆是，看著這麼多的商品因款式、質料等不合季節而淪為了待處理品，五折、三折甚至一折，商家用斗大的美術字，貼在櫥窗上、門面上，商場上的售賣活動，更加替換季來的造勢。大批的T恤、短袖衫、被攤開在貨架上，這些夏日高價出售的衣物，現在竟像喪失效用的物品，而亟欲推出去，以早日脫手為快。它們被打了最大的折扣，以最低廉的價格來「逼退」。而剛上市的秋裝，被展示在最受注目處，顯現著傲岸與不凡，而那些被拍賣中的夏季服裝，相形之下就似乎更為黯然失色了。

而一些食品店裡，「中秋月餅」的霓虹燈，在大量冷飲品的貨架前，汎耀起來。中秋是代表秋季的傳統節日，月餅成為祈望團圓、傳遞親友思念祝福的禮品。就因如此，月餅的包裝講究設計創意、新鮮奇巧引起人們的青睞。人靠衣裝，餅靠精裝，近年來月餅的包裝更朝向精緻化的設計。月餅的原料、配製口味也變得五花八門，有蘇式、廣式、京式等。一些商家還推出了低糖月餅、無糖月餅來吸引消費者。有些講究精緻設計的月餅被披上了豪華、天價的外衣，只可遠觀而不可褻玩。中秋月餅，本是由古代祭拜月神的供品民間的傳統習俗沿襲而來，每逢中秋，皓月當空，品餅賞月，闔家團聚共祈福。如今，越來越濃重的商業化異味，浸染著樸實的民俗民風，損傷著人們原有的至純情感。這些精緻化設計的天價月餅、豪華月餅，顯然不是一般大眾的消費指標和能力範圍。當月餅身價越來越高，只能觀賞不能吃時，其傳遞著團圓、平安等的純樸情懷還能實現嗎？如今都市社會中的人際關係淡漠，人情漸行漸遠，這些打著華麗外衣的天價月餅、豪華月餅的變種，更是對原始情懷的一種異化。各式不同的月餅設計漸入人們的視野，但如今的月色與餅色已不如童年記憶中那般的渾成美好。在這物欲橫流的年代，形形色色的月餅能否回歸樸實無華的原本面目嗎？

在這樣換季態勢中，夏日漸遠，秋季已來，我們明顯地覺察時序的替換，雖免不了心有所感，也不得不默默地面對了。

我試圖在地攤或百貨公司揀買一兩樣衣飾，去扮演提著塑膠袋的人，有時也奢侈地在速食店坐一下午，看自己喜歡的書、還有來來往往的人群。也試圖走進KTV唱出代表自己心聲的流行歌曲，感受追逐夜生活聲色的行吟詩人浪漫的行徑。逛街，不一定是為了購物之所需。而是喜歡在玻璃櫥窗前看自己的身影。喜歡在人潮中傾聽自己的聲音，在五顏六色的城市中讓個人散發的氣息貼近生命的長景中。行走，也不見得是有所為而為，有時是為了在清淡、從容的光陰流轉中保持內心的安靜。在這看似觀看的過程裡，以自己獨有的方式去體諒，去品味，去感悟，並且努力與生活和解。

四季輪替，不可能不換季的，明知那是一種必然，一種無可奈何，卻仍然不免對換季有動於衷。我知道夏去秋來，而夏季總會不斷地去來，秋也會不斷去來，可是，依然有感於這種反覆與循環。由於這種變換，附會著人事的變幻，便覺得今年的夏天與去年迥不相同，而今秋與去年的會有什麼兩樣？

就像如今我感懷身世地走在街上，記憶就在淺淺的腦海中翻騰起伏，連牽著過去與現在，回憶與憧憬。彷彿季節是歲月中日日改易的變數。

去年的夏天，我仍在校園裏過著莘莘學子的生活，而今年夏天，我卻已告別校園成了社會新鮮人，在走向社會之際，我也常有相當的茫然。在為人事、工作操勞徬徨的時候，任誰都會忍不住緬懷校園那個無憂無慮的地方，彷彿這裡的一切都有療傷的魔力，可以讓年輕而疲累的心找到一些漸漸淡忘的夢和理想。因而在季節更換之時，便情不自禁地有所感懷了。

人的一生，不也是一樣嗎？人生中也有很多次換季，從小學到中學，從中學到大學，從大學到工作，從少年到青年，從青年到中年，從中年到老年，每一次轉折，都相當於一次換季，每一次換季，都受到一個無形的檢閱。青少年時，沒有樹立遠大理想，珍惜光陰，被機遇淘汰出局。中年時沒有抓住機遇，踏實奮鬥，被競爭淘汰出局，這不等於淪為清倉的待處理品了嗎？淪為待處理品，人生價值就大打折扣。我們生活在充滿挑戰的時代，優勝劣汰乃鐵面無私的法官，成敗得失全由時間來裁決。繁忙大都會，人人力爭上游，忙碌不已，一百年太久，只爭朝夕。日日營營役役，一抬頭，才發現流年暗中偷轉。換季，籍此調節心情，調整狀態，小憩片刻，換一身衣服，再戰江湖。明知道換湯不換藥，但總是有快樂和希望摻雜其中的吧？

換季之際，不免也得換換心情。雖然，日子與日子，情感與情感間常常啣接得不夠漂亮，甚至漏洞百出。而對於若干世事的變化，何妨把它當做換季看。如果想到季節是無法不更換，是不可避免的了，則這種因換季而起的心情上的波動，便可以相當平靜了。

人生是記憶與遺忘，送舊與迎新不斷交鋒的戰場。學生時代的求知欲、抱負、夢幻、戀情、歡樂與悲愁以及年輕的荒謬……，現在這一切終究結束了，變成過去了。我多麼充滿無奈地收藏起過往的記憶，而面對現實，因為我已舉步要跨入另一段人生了。

換季之際，總會從一些舊時物中看到值得收藏的記憶，同時也使我獲得勇敢和力量。換季之際，難免泛起淡淡的哀愁，同時又會帶有幾許新鮮與喜悅。

——本文原刊於民國七十九年九月二十六日《青年日報副刊》

崗上五哩迷霧

是什麼力量引我到這個遠在經歷之外的海域，為自己規劃了一段飄盪的征程，去創寫幾頁紅塵之外的履歷？這是我置身在激越的巖岸，日夜盯望茫然遠適的大海時，無法向自己交代清楚。至於是在什麼時候，我的生命之舟在定點拋錨，我的夢在最荒涼的水隈擱淺，都全給海風說盡了。

極目遠眺，海的等深線形成分歧的航路，在夕暉裏耀閃著複雜的旅痕。遠洋上的一影歸棹，似慢動作的箭，射向浩瀚的暮色蒼穹。在這樣悲壯得像英雄的感歎裏，該有船來渡我吧──渡我的橫槊賦詩，渡我向古典的生命情境？

在巖岸上，我無法將視線停留在陽光浮游的林間搜索，侯鳥所遺留的心事，或一縷飄遊的夢。悄然遐想的叢山峻嶺在空氣中愈發氤氳醞藉，一式的沉默與孤傲，一式的冷漠與淒清，如同深夜裏被抑壓在心裡的哀歌。我俯瞰的會是蒼涼的殘陽，或是�醉的雨中燈？若是我患了眼疾，若是我是個聾者，在無所視無所聽的隔離中，還能用心靈去諦聽被感知的和絃嗎？還能僅憑信念去辨認風的流向，撫觸浪花的形象嗎？

在崗上，雲霧並非是高寒的境界。當霧起時，我便一直無法拭亮蒙在我雙目的雲影，甚且無法拭乾濡濕心靈的霧氣。有時是在深夜，有時是在清晨，有時是在霞光掩映的昏靄中，霧氣總是在海天蒼茫下久久濡濕而淡漠地荒謬著。

這是一份至美的畛域。我的愛在霧中航行，我的夢在漫漫的霧中航行，我的心事在洋洋的霧中航行，我不必躊躇徘徊，一切愁緒都被雲霧輕輕地駕走。來去的只有風，還有薄得像影子一般的霧，我一直隱忍著眼睛總是牽動著寂寥的心靈，泅游在一種飄浮憂鬱的幻滅裏。我的夢，我的愛，又何曾失落在霧氣中？

真的是場夢！在沒料到的距離，猝然一回頭，怎麼就瞥見了自己身外的背影？十年的北望與東眄，沈吟與歌嘯，此刻隔山遠眺，十年只成一場夢幻，幻覺已經是化鶴歸來。今日隔水回首，我的夢真會化成一隻鶴，一夕辛苦，趕七百里水程嗎？

我向它奔去，我伸出手來，但我什麼都抓不住，就這樣，它不是了，它再也不是了。這種感覺衝擊著我心口發疼。我真的什麼都抓不住嗎？我想起那些祕密的，永不能實現的夢境。生命裏，難道一定要少了些什麼才能成長嗎？

始知我乃是一隻啁啾悲鳴的水禽，負著沈重濡濕的翅膀迷失在翻騰的雲霧裏，恒久張望在漠然的霧色中飛行，尋不到那恍近忽遠的激鳴水涯。

「不要有所期有所待，這樣，你便不會憂傷。

不要有所繫，有所思，否則，你便成不赦的囚徒。

不要企圖攫取，妄想擁有，除非你已預先洞悉人世的虛空。」

——然而，我要聽取這樣的勸告嗎？

我們惆悵著宿願的虛設，區區的願原不妨辜負，然區區的願亦未免辜負。憧憬既已銷釋了，我們遂坦然長往。彷彿我又是寧願如此心悸地諦聽花開又蒂落的聲音，雲霧飄浮的聲跡，而後又宿命地沈落在大海寂寥的無言裏。一個永遠的旅人，諦聽寂寂的心波，茫茫的沉默，心裡永遠飄著止不住的滄桑，永遠在無言中寂蕩飄狂——這種迷失的感覺也很好，在一個既陌生又熟悉的巖岸上，失去了時間與空間，像一粒浮塵落在那裡便是那裡。

當我用整座心靈去拍響岸下的浪濤，彷若我的魂魄就是形影寂深的巨靈了。我愛這分奇異的經驗，只是我感到我愛得這樣孤獨。誰能將自我偉大的記憶，隨著浪濤的喧呶聲響，隱入林深不知處裏，而無感於冷霧的縱逝，無感於大寂寞的襲來？

直到霞霧沈落到冷峻的巖岸，我才莫名地傷感到一種流離的經驗，意識到一種悲苦的象徵。沈凝欲墮的彤雲，想必逐秒沖淡了渴慕的思緒。廣袤而純淨的霧氣裏，生命似乎不斷地踐履與消融，一切自然生息的變化都在呈現出我內心的律動與感知，彷彿我就要物化為昏靄中的一閃燐光。使我再不安於安定——如果就此寂滅或就此飄流，如果真實的一刻永不流走。

不想那霙霴何時逐次濡濕，何時逐漸散盡，只希望在有限的時空中瀏覽所有無涯的白茫、漠然的空曠。我們無須商略一對男女灼灼的戀情是否能火熱堅定到幾歲，祇要我永遠置身於焚燃的霧中。縱然兩鬢斑駁成單薄的點染，我仍可感覺出它的琉璃可滴——一枚光燦的愛，一份自然生命的美。輕輕來了，不是激盪的；輕輕走了，不是污濁的。怡悅在自我明徹間奇妙地浮現。

不熄的十月焚霧中，牢牢守在靜默、幽暗，遠離愚痴與嫉妒，遠離迷妄與執著。迷霧正是宇宙間森羅萬象的化身，是我對美感的一片詮釋，帶我到何等幽深的歡悅與寂滅，又將給我最充實的懷抱，最溫暖的歸依。

——本文原刊於民國七十九年三月二十一日《台灣時報副刊》

向「笨」告解

一直是別人眼中那個「少了好幾根筋」、「腦筋短路」、「迷糊」的「竹本小姐」。因為在我身上常發生一些他人不會發生的蠢事，也常做出一些常人不會去做的傻事。

在年輕時，被長輩責罵「笨」時，心中不服；被平輩批評「笨」時，心中更是氣憤難平。但是近年來，我越發喜愛當個別人眼中的「笨人」。

當我因個性迷糊而在眾人面前鬧了笑話，被兒女沒大沒小地取笑「媽媽你真是個大笨蛋」時，我不執著於大人的自尊，坦誠承認自己的錯。

當平輩為了堅持自己的觀點以幹練之姿而批駁我的「笨」時，我心平氣和，友善地報以微笑。

當長輩指點我迷津時順道加了一句：「你真是有夠笨的啊！」我虛心接受，回答：「是啊！所以才需要您的開導」。

漸漸發現，微笑地接納自己的「笨」時，竟是化解對方強勢指責的良藥。「笨」字拆下來看，就是「竹本」，竹本虛心，是我師也。虛，即放空自己，不再把自己看成是最重要的，因為拋棄了對自我的執著，不再因爭強鬥勝而悶悶不樂，這樣看看，竟覺得「笨」字是張笑臉，帶著微笑面對人生的一張溫和的臉。

在發現自己確實很笨的那天，我真的很快樂。

強調自己聰明，確實需要有超越一切的大勇氣；但是承認自己愚笨，卻是一種收放自如的智慧。

想將自己塑造成人群中的佼佼者其實是一種危險的人生觀，從小到大我們就被灌輸一定要得第一，我們的一生就受到第一名這樣期許的壓迫，如影隨形，永遠擺脫不掉，因此它就成了我們生命的負擔。

我們也習於佔盡榮寵而不留餘地給他人，極力地表現自己的聰明能幹。所得到的其實只是一頂虛幻的帽子，而災難與傷害可能留給自己。

等到你發現自己確實很笨的那一天，你將會感到很快樂。因為笨，再沒有周遭過度期許的壓力；因為笨，再沒有與人奔競較量的疲憊；因為笨，聰明人喜歡接近我，對我拆卻心中的壁壘，溝通之路已開。

無須喝采，無關毀譽，天真的保有歡愉與滿足。我就這樣愛上了自己的「笨」。

——本文原刊於民國八十二年六月二十七日《中時晚報副刊》

溫柔的邀約

如果你見過月圓的美，哪怕只有一天，你就會有耐心去等待二十九天月缺的日子，哪怕那一天月圓被烏雲遮住，我也能想像它在烏雲後面的光芒四射。

——《人間四月天》徐志摩語

在暮夜風涼、月輝初露的穹蒼下，清景無限，我們能拒絕如此溫柔的邀請嗎？

對於月亮，總有一種難宣的情感，無論陰晴圓缺，生息幻化，它那清輝的寬柔，光而不耀，我們得以自在取得遠望的角度，而不必擔心如驕陽讓人突遭炫惑的迷彩所灼傷。月的形貌變化多端，月的光輝又如此皎潔、柔和，自然容易吸引人們的目光，牽動詩人心靈深處詩情。所以，與月相邀，與夜相邀，與秋相邀，實在是不需萬紫千紅來渲染，不需喧嘩熱鬧來點綴，此時瀰漫於天地間的氣息，都讓我不知歲時幾許，落跡何方。

這時，我們通常是不多話的，讓回憶、沈思、愛戀的心情在月輝下隨意飛翔，讓自己耽於昨日與今日的遐想。此生望月不知凡幾，但也由於時空的變易，而有不同的感受。

在遙遠的孩提，記憶深深的是在月光下，母親牽著我的手在巷道徐走，月光將我弱小的影子拉得好長，直到拋到巷道的盡頭。我舉頭望月，癡心地索尋著神話故事中起舞的嫦娥，但除了那輪輝亮，我什麼也找不到，但她如影隨形，若即若離，不管我走了多少路，她總是在天際一旁俯視著我，我便私心地覺得，月亮是只屬於我一個人的，不但我在凡塵俗世與她萬里相隨，即使在太虛幻境，漫漫的時間流程裡，她都與我相照相溫，交輝互映。

或許，就因為她一直在天際漂泊，常使我生出「人攀明月不可得，月行卻與人相隨」的念頭，道是無情卻是有情，我更自私地想據明月為己有——「明明如月，何時可掇」，然而，明月可為人所望所仰，卻不能為人所得，她只能流轉在我的心靈空間。

年去年來，幾番人生角色的迭更，明月的清光一似曩昔，而我也終於了解中秋的一切神話傳說，不過是一種附麗，而真正的情緒乃是不捨秋又匆匆歸去，不忍物換星移的人事滄桑。舉頭望月，月到中秋分外明，於是牽惹了愁，在蘇軾那首千古傳誦的〈水調歌頭〉中，月光是那樣地善解人意而富於人情味，它轉過朱漆的樓閣，低低地透過窗戶前的綺紗，來陪伴著因思念親人、因寂寞而孤獨失眠的他。而此時詞人卻偏偏轉了對月亮的埋怨——發出了「不應有恨，何事長向別時圓？」的質問。但蘇軾的那分飽經憂患仍然對人生保持熱情的豪邁與曠達卻讓他由此筆下又一轉，引出了清越超曠、樂觀昂揚的主旋律：「人有悲歡離合，月有陰晴圓缺，此事古難全」。人的一生總是在悲歡離合的坎坷起伏中度過，有「悲」才能突現出「歡」，有「離」方知合之可貴可愛，這才見出人生之豐富與廣袤，亦如月亮也總妙在陰、晴之中或隱或現、或缺一樣。詩人李賀有「天若有情天亦老」句，宋代石延年對曰「月如無恨月常圓」，就連這無生無情和永在長存的月亮都是如此，那麼多情而年壽有盡的世間凡人，他們之有悲歡離合，豈非更合情合理之事？因此，但求人長健、心相契。深情的祝願，使人生充滿希冀。明麗的圓月，便不僅照耀了千里，也照亮了這首豪邁俊逸的千古絕唱。

極目望去，太空虛幻中的一輪清輝伴著地上人間，撩人思緒，帶給人的就是一種企求補償的心願，古往今來，有多少人在明月中寄託了追求圓滿的心情？

古人今人若流水，共看明月皆如此，而明月無分別心，從她那高懸在天的角度看熙熙攘攘、牽腸掛肚的人生，賦予一代代人以溫柔，又慰藉一代代人的哀愁，而一代代的人也在她清澈的流光拂照下，與萬籟共享寂寞，與明月同立中宵。

行至中秋，似乎春天的絢爛，夏天的喧鬧，都在秋的澄澈中收穫、結果。中秋節是人們互相傳遞溫柔與想念的時刻，而中秋月所以特別明亮，也許是自然的現象，也許是出自人們的想像，蘇軾在〈中秋見月和子由〉那首詩寫道：「誰為天公洗眸子，應費明河千斛水」把月視作天公的眼珠，它之所以在中秋格外明亮則是因為剛剛用了千斛銀河之水沖洗過的緣故，這明月的藝術形象就是想像的產物。雖然，今天宇航事業的發展，人類憑藉科技文明登陸月球，揭開了月的神祕面紗，已證明月亮是一死寂的星球，然而，月的風華並不因太空人的造訪而真正褪色，它並不能遮掩古代神話的藝術光輝，不能阻擋人們乘著想像翅膀的馳騁，藉著看月，相互訴說那千年流傳的美麗神話。

中秋月明，是溫柔的邀約，她教人懂得如何自我寬慰，教人更珍惜獲得的幸福，更無怨由於生命的缺憾——因為即使是殘缺，也是一種恩典，激發人努力追求圓滿的境界。

在歲月與滄桑交錯而過的天際，也許，只有那清寂的月輝會以她盈虧不定的姿態來向我們宣示「月如無恨月常圓」，人間又豈能無憾？容或有憾，但卻無悔。我的心一分為二，一半已隨嫦娥羽化，咫尺牽戀；一半卻與生命中的人們溫柔等待，等待共擁一分永遠的感動。

——本文原刊於民國八十四年九月九日《中央日報・副刊》

浮生若夢

人是一種悲涼的生物，因為參透悲涼的滋味所以異於其他生物，所以編織夢想，所以為夢的幻滅而失落。

長久以來，我們煽燃同樣的火，讓熊熊的火焰閃閃爍爍竄出生命的蜃影。在夢境的疲憊岸上，我們極其固執地築夢，卻不明白這個世界，這個現實環境和心靈的夢土成為無法溝通的兩極，而依然沈淪於孤寂，扮演著亙古不易的角色。

夢想誠然虛幻，轉瞬間皆成過眼雲煙，可歎的是，千百年來，在尋夢的道路上，總有癡狂者絡繹於途。如果夢想是一種奔赴，那麼這個行列將是全世界最浩大的陣容。每一個旅者，踩踏出夢遊的足跡，在夜空下，攜來遠方生存的競鬥，夢想由此出發，驅動著我們長長的一生。及至途中的風雨霜雪，將所有的夢想都凍結在一個長長的夜裡，你我才真正知道：夢，是一個用青春血汗所下注而誰都沒有把握的未來傳奇。沒有人知道究竟自己的一輩子會有幾個圓滿的夢。

「不知魂已斷，空有夢相隨。覺來知是夢，不勝悲」，夢的美麗神話像一張無懈可擊的網，用最溫柔的外衣隱藏最冷酷的傷痕，滿足了我們夢想的期待，也滿足了我們受挫的等待。「浮生若夢，為歡幾何？」此一名句，道盡人世的虛幻和夢醒的空虛。人生種種，誠然如夢境一般，倏忽忽間有無窮盡的風景和轉折。而人生的情趣，或許也即在如夢似醒之間，咀嚼所曾遍歷的酸甜苦辣？但看你如何看待夢裡夢外的虛實問題。不是只顧乘夢而興，卻忘了脫夢後的苦痛。夢也是我們享受生命的歷程。白天過的是一種人生，而晚上入睡後從夢裡去享有另一種快樂人生，未嘗不是一件好事。雖然在夢裡總揮不去成長後的失望，但卻是依靠著心中的夢，走進人生繁複的變貌裡；直到閱歷得久了，才知道夢境是要植根於最接近現實的土壤裡。夢的儘管實際，也還要依靠心中的夢，冷卻自己逐漸失落後的荒蕪情緒，誰的心中能無夢？

其實，夢與醒之間，記憶如水墨，淋漓揮灑，已無由去追詢它的意義了，惟一能握住的，只有那一分愁悃吧！文學家筆下的人生是一場夢，浮生若夢，也許才是浮生的意義。能被一個夢境支持小我從而完成大我總是好的，那像是在山窮水盡的日子裡，創造一個「又一村」，於是，心中一方夢境恆常存在，昨天、今天，一如明天。畢竟，有所期待總勝於無所希冀，因為後者的同義語是哀莫大於心死。

午夜夢迴的那一分茫然，似乎已經有了落處了。我們的生命，是由「人生有夢，築夢踏實」的謹慎經營，從而晉入「依然有夢」的圓融。是夢？還是真實？只有用「活」來加以銜接。活在你心中，內裡就有所感覺，只要是活的，便會自行成長。

——本文原刊於民國八十六年十二月二十一日《台灣新生報副刊》

紅塵有愛

我們都是大地的行旅者，且共從容於這有情天地。遠方青灰色的天空寄存著我們最後的情愁，孤獨落寞的跫音，是千百年來重蹈的純情，長青的愛戀。這是一種至美的畛域，你我都不必躊躇徘徊，念此世界，我們將無聲無息地浮泳在愛的溫暖海流裡，默默地捉住不再流動的時間。擺盪在實有與空無之間的，便是絲縷未斷的因緣際遇吧？

把相片夾入日記本，用炭筆勾勒出愛的容顏：甜蜜的情話、淡淡的情愁，也有傷感的別離。但是，鉛粉總會於多年後淡去，是否意謂著銘心的回憶，亦會隨著歲河時浪而成為可拭去的心境？殘餘畫過的刻痕，那時，會不會再以油墨筆畫重新勾勒？

愛情猶似蜿蜒的河流，同一水脈經常轉變色澤，有時轉折澌濺，有時婉約如靜女，每一吋的起伏潮汐，是每一分每一秒無所適從的洶湧和壓抑。

愛情需要不斷投注支流，充沛水量，免於河道枯槁。若灌溉停止，泥沙將日夜在進行著詭譎的陰謀，有一天，乾渴的泥沙會戰勝一切，這條河流也逐漸傷逝在風裡。既已死去者，如同愛情的消失，不再展示什麼變化的情節。而做為流動的風，並不因為寒暖，來表徵生命的脈息。

感情？真是一件奇妙的事。當它來臨時，渾然不知情地墜入，當它離去時，除了悵然若失外，你依然不知所措。縱然艷陽高照，白日依然顯得無光。為什麼生活總是滔滔無邊逝水，卻註定遭逢狹隘的彎口？愛，無人能懂，無論對錯，它本不依循著既定的軌道前進——愛遲了，只有任它擦身而過；愛錯了，只好以離別來證明過去的虛幻。

愛的行程如此曲折，是該恣任它生滅？還是苦心防範——防範它落實為聞問、義務，防範它的溫柔和心波相聯的敏感？

如果無奈仍是無奈，錯過的無法挽回，就只有默然且漠然地走向下一站，向無邊的宇宙流浪。流浪者一如失根的蓬草，命運不在他的手中，而在他的腳掌。飄泊無依在其次，無土可親在其次，不堪忍受的是那份傷逝情深。

其實，愛情並不是生命的必經歷程，它是一條岔路，穿過雲煙深澈的意境，壓迫自己與孤獨對被，捕捉冷然的心影。也許，那閃亮的愛戀對我們說來，並不能表達它們應該表達的實際意義，卻於我們的想像中，有機地轉化為感性寄託的對象，那份魅力超越時空，為我們製造謐然的心境。

不論其結果為何，我們心中有一方角落是存在於多年前的盛夏，其中有咖啡屋、琴韻、歌聲，以及時間無法剝奪的初見初聞和相識相知，有了那份記憶，我們會活得認真而美麗。

一個故事的結束便是另一個故事的開端，「愛情破滅之日亦是它的昇華之時」，或許，故事會重複，但我們已在這場錯誤中播下了希望的種子，總有一天，希望會萌芽成長，彼時，我們將會用另一種心情去編織另一個故事。

——本文原刊於民國八十六年十一月六日《台灣新生報副刊》

人生舞臺

有一齣戲，漫長而曲折，從登場開始，在你我各自的人生舞臺上重複演出，每個人都是主角，有悲劇，有喜劇，有哀怨的羅曼史，也有懸疑的偵探史。舞臺永遠是現成的，或許今天告白自己的愛，或許明天卻哭著分手，或許今天孤獨地在許願，明天歡喜地迎接成功。無論是悄然淚下的獨白，或歡笑滿溢的對白，它演過多少年少浪莽的故事，又發展中年秋涼的情節，鋪排著老年傷逝的嘆息，雖然其中不乏精緻的隱喻，繁富的象徵，直到所有觀戲的故人一一散去，布幕低垂，燈光盡滅……

這一齣戲，常以各種形式揭開，運用自己的肢體、表情、聲音，呈現著悲喜交替、美麗與哀愁的演出，演員需要一種怎樣的投注和認真？努力造成一種幻覺效果，想去吸引或是被人吸引，感動觀眾，也感動自己。而人生票房裡，喜怒哀樂、悲歡離合、得失成敗、貪瞋癡怨，那一樣才是最悸動的滿座？

在舞臺上，我迷惑於這剪裁完整的幻覺，我彷彿可以察覺在黑暗的觀眾席中有許多目光的審視，這種完全暴露在強烈聚光燈下的無所躲藏，令我感到惶恐。然而，這就是人生，居位時會怯場，臨場時面對萬人時總是伸展不開，只有努力將羞怯挪至於潛意識底層，方能獲致絲微而短暫的安全感。

記得以前讀到一首猴子要把戲的小詩：「一聲鑼聲又上杆，此番更比那番難。勸君著腳需站穩，多少旁人冷眼觀。」很多時候，我們在能選擇與不能選擇之中成為特技表演中上場耍戲的猴子，在竿上跳上跳下，為了滿足看倌的胃口，我們要以刻意打扮的表情，誇張的行徑，充當丑角，以充滿謬誤的巧合，為枯索的生活提供笑料。觀眾往往在哈哈大笑中肯定自己的優越感，發洩胸中塊壘。然而，站在舞臺上，我的意識每一場都游離出所塑造的角色，站在黑暗中和觀眾一同訕笑自己的滑稽、愚駭，看著自己顯現人性的懦弱和潛藏的悲因，這意境充滿了何其無助的感受。誰知在笑聲背後，丑角要從角色回到自己，從情節拉回現實，他帶著一種怎樣深沈的悲哀和寂寞？更多時候，我們是在無可奈何或不知不覺之中成為那隻猴子，我們要完成一場挑戰自己能力的艱辛表演，走在百尺竿上的腳步必須步步為營、小心異異，在「此番更比那番難」也要讓自己腳跟著穩，笑對人群，故作輕鬆，因為台下有多少旁人冷眼觀看。

也許，我們時代裡眾多包裝出來的笑臉和裹著華服的風情，把人們的心鍛鍊成一種世故的冷酷了，我們不能預想笑聲的背後有著丑角無助的哭泣。

不是每個人都可以掌握自我、從容出入各類角色，甚至由事件中全身而退。在擁擠的人群之中，我常常可以觀看各種刻意打扮的表情，濃妝豔抹的言談，在人們虛虛實實的交通中，不免感到迷惑，一切彷彿是真實，卻又那麼虛浮，他們是否知道現在扮演的是角色還是自己？旁觀他人情狀，就彷彿是照見人間群象，可嗅出人性的多樣變化，也彷彿是置身於台下，遠眺世人搬演的一幕幕社會寫實劇。也許，人際間真有一堵透明的牆，不能通過，無法交流。如果連孤寂的淚水所串起來的真心也看不到了，那麼，不經意履現的心靈孤獨便得靠自我填補，我們只是希望有一方角落可以隱藏自己，展現真我，用孤獨來療養以往太過擁擠的心情，那種感覺、哀傷—很自己的哀傷，可以不要顧慮別人、取悅別人、扮演特定的角色。經過空氣的凝結，陽光的重組，在每一個屬於風的日子裡尋找真正的自己。

在末日的預言甚囂塵上的今天，我們每個人能夠活在這個世界上，本身就是一項奇蹟，所以我們每一個人都是一部獨一無二的傳奇主角。但是在這個人與人互相推擠的人世中，我們漸漸捨棄了自己的本色，我們想去討好這個世界，於是我們不斷地妥協求全，改變自己原有的特色，我們失去了自己的角色。有時候，為了一己的利害得失，為了爭逐奔競，我們常在揣想算計他人的內心，卻常在揣想臆測中迷失了自我，失去了角色所應有的本分。

我們每一個人，在人生舞臺上扮演許多角色，有些場合，我們是主角，但在許多場合，我們只是配角，或者只是跑龍套。無論主角、配角，或者只是跑龍套，只要我們盡心的演，那就是個成就。

人生如戲，自己的、別人的，錯綜複雜，在茫茫然不知何去何從地散戲了，演員及觀眾皆離去，四周一陣靜寂。且慢論這齣戲成功或失敗，至少，我們擁有自己的劇本，擁有自己的角色。每個角色除照本宣科之外，是否也該肯定自己的存在，並且欣賞他人的演出呢？

——本文刊於民國八十七年二月十日《台灣新生報副刊》

一扇窗的堅持

小時候喜歡乘車，尤其是火車，我總搶著要佔據一個靠窗的位置，這樣我才能扒在窗戶旁欣賞窗外的清景無限。窗戶是向世界開啟的，窗框懸置的畫面帶領著我們認識世界。只要有一扇窗，就有了浮想聯翩、騁目馳懷的一方空間。從窗口的螢幕投射出來的是一幕幕流動的風景畫，隨手拈來都是詩情畫意。如果是晴天日子，瀏亮的陽光和輕柔的風從車窗飄入車內總令人舒暢，我喜歡那明亮通爽的感覺，因著這一扇窗，讓我自窗外，擷取一幅幅的人生小景與廣闊的世界；在窗內，我掬取靈海中的點滴。列車飛馳，窗外無物長駐，風景永遠新鮮。

年少時代，當我還是學生時，我總喜歡眷顧教室窗外的天空和景物，不論是一隻鳥飛過、一隻蝶舞過，或是一個人影晃過，都能吸引我匆匆一瞥的好奇。上課不專心，經常就是受到窗外的吸引。而窗子以外，有著我和三五好友的共同回憶。每當我們有煩惱時，就靠在窗台上看著天空，看著走動的人群，或者談心，成了彼此之間的默契，有時是分享內心的喜悅，訴說未來等著實現的夢。那一扇扇窗子以外的迴廊、花壇，彷彿都能看見大家走過的青春足跡。儘管理想如此遠大，附和的卻只有風聲和搖動的樹影，我們仍是樂此不疲。那窗台、迴廊間的矮牆，就是這麼默默聽了許多數也數不清的青春心事。我很慶幸自己在窗子以外，找到可以任我們笑鬧、哭泣、談心、訴情的一方天地。

其實，窗外掠過什麼風景，這並不重要。我喜歡的是那種流動變化的感覺。景物是流動的，思緒也是流動的，兩者融為一片，彷彿置身於流暢的夢境。當我望著窗外掠過的景物出神時，我的心靈的窗戶也因此而流動變化。

捷運和高鐵通車後，體會到搭乘捷運與高鐵是一種貪圖快速的享受，那一塵不染的車廂，便捷的手扶梯，那種絲毫不必煩心塞車之苦的篤定，一晃眼，目的地已出現在眼前的快感，與都會的快速步調相符相合。只是，每回搭捷運或高鐵，我常會有股淡淡的失落感。我一直不清楚這樣的情緒從何而來。直到有一天，在容有餘暇的情況下，我選擇了搭乘了久違的公車，在公車上，我總喜歡選擇靠窗較不受打擾的單人座位，當陽光從窗口探頭進來，灑落了滿車的光亮，公車緩緩向前駛，足以讓我看清楚行道樹上的剛發芽的新葉，每一家各具特色的商店擺設，每一位不同身分與裝扮的行人，每一輛並行的摩托車。

我搭乘的公車正好和一對騎摩托車的夫婦並行，從他們的打扮看來，好像剛從菜市場忙完。兩人穿著長筒雨鞋，衣袖圍裙上滿是污垢與塵土，男的咕嚕咕嚕地說話，女的雙手環抱男的腰，頭靠在男的肩上笑個不停。我坐在車裡，跟著他們一段路，看著他們有說有笑，深深地感到幸福是這樣透明清晰，也許明朝他們又要展開新的一天的血汗生活，素樸牽手，甘苦同擔，那怕平凡度日，也不會感到孤單寂寞吧。傍晚時分，跟隨著騎摩托車的男女，我見證了生活的踏實，也觸摸到幸福的氛圍。

我也看到了路旁的攤販打開蒸籠，小籠包的香味隨著裊裊白煙飄了過來，那是一種凡塵俗世的生活氣息，流蕩著人間世的風情。我甚至看到一隻黃狗躺在路旁的花叢中，神態安然自若。在吵雜的車陣人聲中，練就了氣定神閒的功力。

紅燈一亮，公車停下來了，不經意地將目光投射車窗外，便久久不能轉移，也許，未曾刻意尋找，就意外的發現了什麼。在熙來攘往的人潮裡，在川流不息的車陣中，也許，那只是季節轉換中的一幅街景，但卻是我熟悉的一位老友，我們已多年沒有聯絡了。我在記憶的倉庫中搜尋與她相識的時空，舊日的同學，不改的五官，卻多了歲月的滄桑，而不再年少，我甚至已忘了她，一忘就是十七年。時間是怎麼改變一個人的？她是否也與我一樣，正在這個城市的某個角落穿梭，每天上下班，希望工作加薪，生活過得好，孩子平安健康？車子匆匆駛動，溫習她的容顏卻只在一瞬間，我突然明白失落感從何而來了。自從搭乘捷運以後，少有機會讓我仔細觀察城市的面貌，測量它的脈搏、聆聽它的心跳，捷運雖然會在高高的天橋上疾馳，讓我們享受陽光的瀏亮，但它的速度太快，快到我還來不及以一種享受的心情欣賞窗外的風景，就到了該下車的時間了。更多的時候，它是在城市的地底下奔馳，窗外是千篇一律的黑暗，與外界的寒意寂寥對峙。捷運的便利，雖然讓我們得以快速地抵達目的地，但過於快速變化的窗景，總少了一些缺憾，那便是少了人與人貼近觀看的樂趣，甚至別說是能藉著那一方車窗端詳歲月，重閱舊游。那流動的窗景，是我在這座城市尋找的出路，與城市深情擁抱的悸動，就奠基於我們對自己更好的想望裡。

在這個講求效率快速的時代，我有時反而渴望讓速度緩慢下來，在不趕時間的情況下，我寧可搭台鐵而捨高鐵，選擇公車而棄捷運，喜歡透過窗子覽看景色、或從外面探視窗內，這愛好至今未變。不論是公車或火車，只要在靠窗的位置，我往往被流逝而過的高樓屋宇等各式各樣裝飾精緻、雕刻華麗的窗子所魅惑，一扇窗門可以告訴我們很多的故事，包括居住其間的是什麼樣的人，他的經濟力能力、工作性質、喜好以及當地的文化等等。

我一直不明白自己為什麼那麼眷戀從一方窗中去探看外界，直到我讀李漁《閒情偶寄》在談到湖舫「便面」窗的設計和製作時曾這樣說：「四面皆實，獨虛其中」，我於是懂了。原來，「此窗不但娛己，兼可娛人」，窗是一種「空」，所有質實的事物，必須藉助「空」才能發揮作用。空，是一種自由，就是那一扇空靈可以讓靈魂起飛，可以釋放視野。看青山綠樹環抱，天色四時各異，心思情緒在空中飄浮，沒有什麼室內室外的分野，貼近自然，也就是貼近自己。

李漁說：「同一物也，同一事也，此窗未設以前，僅做事物觀；一有此窗，則不煩指點，人人俱作畫圖觀矣。」這段話說明了窗口是一種特殊的「審美轉換器」，通過窗子將普通事物轉成審美對象。窗子一方面為我們提供了一個特定的審美視角，使主體進入某種特定的審美情境之中；另一方面，窗子又為客體劃出了一個特定的範圍，使漫無邊際的對象有了邊際，成為被窗子所限定的相對獨立和孤立的對象，成為可以進行審美觀照的對象。因而也就與現實拉開了距離，這種距離不是物理距離，而是心理距離。主體和對象之間的這種心理距離，正是使主體脫離現實情境而進入某種審美情境、擺脫現實態度而採取審美態度的必要條件。

「以內視外，固是一幅便面山水；而以外視內，亦是一幅扇頭人物」，窗口是轉換器，連結了自己的內心與外在世界，我一方面可以往內看自己，也可以往外探索。就主體方面來看，窗子這一「隔」、一「通」，也為主體選擇了一個特定的審美觀照的角度，在對象與主體之間造成了距離。出現在窗框範圍內的對象，正是進行審美選擇的結果。被掩藏在窗框之外的那部分對象，絕不是在現實中不存在了，而只是被阻擋在審美視線之外，不能被直接感知。

藝術總是以有限見無限。看得見的部分是有限的，通過這看得見的部分，喚起人們想像，去體味、創造那無限的東西。所以，總過窗框的掩擋，人們可以更多地去想像窗框以外的無限空間，餘味無窮。相反，如果沒有什麼掩擋，使人一覽而盡，可能反而興味索然。

我的心靈世界因此而開了一扇審美的新窗，因為有了這扇窗，我更知道自己的窗內世界是多麼地與他人不同，如此這樣的迷戀著一扇窗，讓我的人生多幾道轉折、多幾處風景、多幾回驚鴻。

在光影明滅裡游移，在悲歡離合間凝望，在視窗中，將照見怎樣的一番風景？我以專注的態度，在窗口前，重溫那些聽過的聲音，那些經歷過的氣氛與感受，看著山水間錯落有致的光影。偶爾，我仍會想起那個趴在窗口的自己，想起那與三五好友在教室窗外暢談的自己。窗口是保護傘，我可以從窗口看到別人，他人卻不見得會注意到我。在人生的道路上，我希望有一種像窗一樣的自動防衛系統將所有的傷害與汙染完全擋住，但我仍然可以打開心內的門窗，用真摯的眼睛看天光雲影，在經過現實的折磨後，還能承沐陽光和清風的照拂。

在絕望幽蔽的空間裡，探尋光明源處，一方窗口總給人們希望。一扇扇開啟的窗，對室內、室外都未曾刻意的著墨，但是卻給人一種向前的力量，讓自己身在室內，仍可藉著每一扇向世界開啟的窗，一睹室外之美。

也許，每個人的心中，都需要一扇窗，用以接納陽光和風吹，而這扇窗，是對生活與生命永不止息的大愛。沒有窗口的屋宇是多麼孤獨，滯留不去的是陰鬱與燥熱。

至真至善的世界裡，也許只有在一扇窗的範疇裡能真正捕捉。沒有窗，我將喪失了聽見了鳥鳴蟲嘶的能力，看不見陽光展現於世界的能量，看不到生命被賦予的圓融與智慧。

——本文寫於民國八十九年十月

人間燈火

101世界這座堪稱台北地標的建築物，對我們來說可以媲美紐約的帝國大夏，快速上升的電梯，把我們送上頂樓，透過玻璃窗，觀賞腳下的世界，從台北之頂望出去是怎樣的一幅風景？俯瞰台北城，猶如一盆珍寶，上面鋪滿光彩游離的五色琉璃。登高遠眺一片城市夜景，是一件悅人心目的事；能擁有一片燈海的俯望，也是令人無法抗拒的迷醉。視野內充滿著閃爍晶亮的光點，無數的光點以不同的色澤與位置分布在台北盆地中，隨著夜風流動而閃爍的姿容，我必須承認那是一種煽動的情緒，也是一種莫名的感動。川流不息的車燈，明滅閃爍的霓虹燈，遠近交織，將台北的夜空，裝扮得繁華又豔麗。我們是否能從萬家燈火之中，分辨出屬於自家窗內的那一盞？因為燈，夢就能像一道涓涓的河流，潛入每個人的輾轉反側裡。因為有燈，城市的夜晚中的鋼筋水泥建築物體不再冷硬，每一扇窗都像是發亮的眼睛。

天上的星辰，或是人間的燈火，都曾經是人類在曠古悠長黑暗裡希望記憶。搭乘夜間的火車，當車疾行穿越黑暗沒有路燈的鄉間路時，外面一片漆黑，看不清地標，根本不知車子現在行駛到了哪裡，好像穿越了被時間遺忘的曠野。偶爾遠處有些光亮，也許是寺廟、零星的幾戶人家。這樣稀落的光點很快又被荒蕪僻靜的黑暗所取代。在長久的黑暗之後，鐵道兩旁開始出現燈火，越來越密，直到樓房的形狀清晰可辨。當遠處霓虹招牌開始招搖，路燈從點拉成線，強弱不同的燈火，演出各種流線的遠近感，那的確是一種令人迷醉的時刻。

在許多孤獨搭車的夜晚，我與那些燈火相照相溫。那些燈光，那些家屋，便開始賦予我溫馨的想像。我喜歡從那一棟棟樓房的窗口瞥見天花板的照明燈，或帷幔層疊之後的屋內擺設，或者是翩然移動的人影。想像著在窗口內的主人會是哄著孩子入睡的母親、還是發憤讀書的年輕學子，是事業有成的中年男人，抑或是情話綿綿相依偎的情侶？我沒有偷窺的狂癖，但卻喜歡去想像，每一個點著燈的窗格裡，都有一個家，也許只是一個人孤棲獨宿，也許是幾代同堂、闔家同樂。雖然那些家庭與我不相干，但遠遠看著這麼多的家聚集在一起，竟也有著「歸客千里至」的溫馨之感。人人想要回家，而家也永遠在那裡等著我們。雖然，現實和理想是有距離的，遠望的世界總是比近看的美好，或許在這些燈光的裝飾下看似璀璨的樓房，看似和諧的家庭，私底下也會有不能溝通的矛盾，或一再上演的混亂戲碼，但是藉著這些點著燈的窗格流溢出的光氛，我只見到那七寶樓臺的亮麗燦爛，我只感到城市裡的每一扇窗戶都在微笑。一切的卑鄙陰私、生老病死，一切的喜怒哀愁、榮華富貴，都被深深地埋藏在萬家燈火的輝煌之下。

因而，夜晚與燈火便成為生命共同體，把燈火與夜晚分割，燈光會物質化為科學的照明，夜會抽象化為單調的顏色。物質文明可以補償人類對自然疏離的損失和缺憾，在被高樓切割而看不到星輝與月光的夜空下，我在房裡面選擇性地亮起了這盞燈或那盞燈，窗外偶爾會有車子流竄過的光影，投射反照進來，在牆上、在天花板上劃出瞬間即逝的圖畫，即使是平凡不過的房子也因燈光的照亮而因此充滿趣味。60w的鎢絲燈泡，也許不能照亮整個房間，但卻足夠使三尺見方的書桌布滿適合閱讀及寫字的鮮明光度。柔和朦朧的燈光，所投描下的圓形幅度，足以讓生活產生一種情緒轉移的作用。

燈光，從上方灑下，優美的姿態與適度的距離，恰恰是我尋找的位置，給追求學問與自我挖掘的讀寫心情，增添了溫暖的興味。一嶄燈光便以這樣的溫潤鮮明架構一方固定的領域，架構屬於我的精神城堡。這是我的充電角落，一方小小的空間，卻蘊涵著無限的可能。一盞燈火，與燈前伏案神思的人，這樣的組合可以是萬家燈海中的一個微小卻堅定的光源與熱力。我就是帶著這樣的一種浪漫與滿足的心情，把自己押在書房裡幾個小時卻毫不覺得疲累。

不同的情境要用不同的燈光來映襯，不同的年紀也需要不同氣氛的燈火來陪伴。夜市裡的人聲鼎沸，小老百姓平凡卻旺盛的生命力因著一街燈光的河流而紛披雜陳。不管是賣涼圓的、賣水煎包的，或蚵仔麵線、炒花枝的，還是在鐵板上濺起熱油的肉塊，垂掛的串串燈泡正以鮮明的色澤與來往的人車煙塵水乳交融為一，風情萬種地流溢著屬於塵世的風采，有一種獨特的魅力。速食店與商店也需要以明亮的光度來吸引年輕人青春的眼神，在潔淨透明的玻璃窗內，亮白的光線可以讓年少的意氣風發在此高談闊論，自信地將自己的年輕與健康完全展露在陌生人之前。

到了嚮往羅曼蒂克戀情的年紀，則適宜以「花明月暗飛輕霧」式的朦朧燭光來烘託與情人相處時浪漫的氛圍。這時燈火是用來催化的，藉此來連接彼此的心靈。特別是寧靜而雅緻的燭光更有效用，讓燭光輕輕地搖曳著愛情的風姿。

當年紀已到了中年，人往往更加珍惜可以獨處的時刻。有時想特意為自己安排一個完全屬於自己不受干擾的獨立時間和空間，排遣白日上班工作的壓力。在下了晚班的夜裡，深夜食堂、夜貓餐館內從各種不同角度投下的昏黃的燈光，倒映在杯中暗褐色的液體之中，思維變得澄澈而晶亮。這時似乎不必在乎周遭的一切，暫時地把自己安置在一個小角落的暈黃裡，建構一種孤懸著的生命情調。

像我這樣的教書匠，站在講台上時，對燈光明亮有著超乎一切的高度要求。我堅持黑板前不可昏暗，如此才可以讓學生清楚地看見我對教學的熱忱與眼中的誠摯。我要求教室前後的燈光必須全然開啟，不喜歡學生因光線昏淡而跟著昏睡。即使燈光可能讓我的一切在講台上無所遁形，包括那緊張兮兮、努力趕課、又惟恐自己沒有交代清楚的窘迫模樣，數十年來總是不改的缺憾和不良習性，那就是我最真實的教學個性！教育就是一群不完美的人，帶著另一群不完美的人，走向完美的過程，一個在日光燈下不完美的教師，一個沒有掩飾的自己，和台下一位位圍繞著知識共同探索其奧秘的合作者，或許是最能促進學習發生的。講台上的燈光讓我獲得一份自我認同，讓我不忘初心，開放心靈，找到自己的教學勇氣。

燈火以不同的亮度滿足我處在不同情境時的需求，人心獲得某種不同程度的安撫，欲求以不同的方式找到出路。不論生命有多少的挫折與失落，燈火總能給我一種期待和信念，能使我把空間意識轉化為時間歷程，讓心靈足以優游、飄逸。

不同的節日當然要用不同的聲響、光影與氣味來裝點。每年農曆七月的放水燈，把一座如船一般的水燈放入河中，任其漂流，燭影搖紅，爛若星河。據說如此，水中亡魂便可乘坐水燈到陸上赴宴，得獲超昇，因此水燈漂得愈遠，便象徵接引更多的亡靈，普渡眾生。這樣的燈火，寄託著人們引渡水中冤魂的慈悲心願，同時又讓人們得到莫大的藝術享受。

元宵節的主要習俗是張燈、賞燈、玩燈。現今，燈彩已發展為一種專門的藝術，成為我們與世界進行文化交流的一種載體。各式造型奇特的燈籠為這樣的節日帶來了獨特意義，帶著女兒置身於城隍廟前看燈的人潮中，摩肩接踵，孩子提著她千挑萬選的燈籠，因為造型獨特，引來旁人的側目，女兒帶著興奮、驕傲的神態，映照著發亮的臉龐，神彩煥發，在女兒身上，我似乎有著一份與歲月重逢的喜悅，心底有一處善感的地方，被溫柔地撞擊了一下。童年時候，因為有了對節日的期待，才使得平淡的生活豐富鮮活了不少，留下了許多日後供我細細咀嚼的甜蜜回憶。

滿城燈彩輝耀，滿天煙火飛騰。車流、人潮；月光，燈舞。這不夜的狂歡節，是造物者有意的安排，還是人工的匠意裝點？這時你會讚嘆燈火真是很美的，尤其是到了感情激越的時候，情牽於物，便深深地顯示出情味來。我們無法揣測未來，不知道下一刻快樂或悲傷，也無法回到過去，無法教時間轉回遙遠的童年，但此刻能陪著自己的孩子創造記憶，這就是實在而完滿的幸福。看著孩子在燈火映照下的笑顏，我似乎也在欣賞自己曾經有過的童稚的浪漫，在她的身上看到過往的自己。

微茫的燈光可以引人泛起無可名狀而帶著永恆的惆悵，令我迷醉的不是豪門中華燈璀璨的情景，而是小窗、孤館、漁船、酒肆、寒夜冷寂中的燈火微茫。在古典詩詞的生命情境裡，在旅途中，看到江上星星漁火，點綴著夜靄沈沈，也曾令遊子有淒然的難堪；在燈影綽綽之中，或許有亭亭玉立的佳人，顧影自憐，若有所思，情難自抑。當寒冬之夜，一燈如豆，漸凝燈花，只因油燈將盡，卻難形成朵朵；最令人黯然魂銷的是，江樓上燈光照著離筵，有訴不盡的惜別情意，只好寄託於詩篇。所以有詩人寫過「屏風有意障明月，燈火無情照獨眠」，迷離搖曳的燈光，似乎使得人們能享受到獨臥的寧靜，然而當燈火靜靜悄悄地照著離人的時候，卻又使之客枕難安，輾轉反側地傾聽著夜的寂寥。

南宋詩人陸游有詩云：「白髮無情侵老境，青燈有味憶兒時」，把人生的淒涼況味、童年時代燈下深深嬉戲的情景都喚回來了，令人悵惘，也令人追憶無窮。

張繼的「江楓漁火對愁眠」，可以說是由漁燈的觸動而內心浮現出深沈的憂鬱與旅途的困頓淒涼，但漁燈又何嘗不是安頓了他的情緒或感覺，鬆懈了他心中的衝盪，使他淡逸悠遠地愁眠於客舟之中？

因此，當你讀到了孔尚任的〈哀江南〉中的「罷船燈，端陽不鬧」時，彷彿見到舊日秦淮河裡的妓船，每逢端陽掛著彩燈在河心蕩漾的景象；當你讀到《長生殿》中〈雨夢〉一齣：「今夜對著這一庭苦雨、半壁愁燈」、「人獨座，廝湊著孤燈照也」，我們可以想見那分孤燭照雨的淒然。

萬籟俱寂下，燈火是溫柔的，它讓我們具體地意識到生命的意義。燈火使人揚棄世俗，不論是天燈、銀燈、孤燈、漁燈、書燈，人終於可以藉著燈燭，點燃內心的生命之火，使它們成為一盞不滅的歷史之燈，甚至是生命之燈，然後回歸於心靈澄澈之境。正如清代詞人查慎行的〈舟夜書所見〉：

月黑見漁燈，孤光一點螢。微微風簇浪，散作滿天星。

自然景物所喚起的光明嚮往、生命信念，不著一字藏在這一小幅舟夜圖背後。孤燈一點，倒映沈沈月夜、黝黝水影之中，何其落寞、孤獨！可是，這燈，依然兀傲、固執地亮著，不因濃重夜色而退縮，不因周圍死寂的清冷而吝嗇她的溫暖。於是，便有「微微風簇浪，散作滿天星」這樣美麗的景象了。滿河波動的光點，便成為那「孤燈」生命意志的燦爛表現。

從古到今，燈火為我們訴說了太多的離合聚散，那些燈一直醒著，溫柔而堅定，既無心繁華也拒絕凋敗，它讓不同時代不同身分的人從那一抹光燦中得到慰藉。憑著記憶這扇小窗，可以看見生命的來時路雖然恍惚，一盞接一盞路燈依然明亮如新。

如果你要問我：永恆的光輝在那裡？我想，它就在「眾裡尋它千百度」之後的「燈火闌珊處」；在「高城望斷」之後的「燈火已黃昏」裡，燈火總在我生命的夜空裡，留下了永遠抹不掉的溫柔與美麗。

——本文寫於民國九十年十二月

輯二

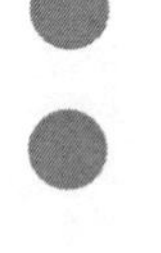

而立風景

跌落凡間的星子

初夏的夜晚九時許，我在居家的陽台上晾衣服，在來回走動的忙碌中，目光不經意中被一枚閃閃發亮的光點給吸引，原來我家陽台來了一位「不速之客」——一顆跌落在凡間的星子，牠閃爍騷動的光點，很快地讓我意識到牠的存在，光點的頻率很像手機上訊號的光，帶一點微綠，在沉寂的黑暗裡一閃一閃，間隔幾秒鐘的停頓，好像在等待，好像在探索，好像浩大宇宙裡一點幽微心事的傳遞。夜晚光線暗，加上淺度近視，起初我不能辨視牠究竟是什麼。在近距離的俯視之後，我想牠應該就是童謠裡的「火金姑」螢火蟲了。對於一個在城市長大的我而言，對於向來習於科技聲光影像之美的我而言，螢火蟲牠就像神話般遙不可期。牠曾經是過去台灣由晚春到夏夜，徜徉於原野山林間的常見昆蟲，多少人在童年的記憶中，追逐著黑暗中的螢火蟲怡然入夢。不知道從什麼時候開始，螢火蟲好像突然消失了，原來螢火蟲所賴以生存的清澈流水、土質棲地，已經被水泥地面，以及農藥殘餘、廢水污染所破壞了。再加上人工光源的干擾，使得現在的孩子，幾乎無法體會翩翩逐螢的自然野趣。

螢火蟲因著腹部的發光器讓牠不同於其他昆蟲，牠以黑夜做為活動的舞台，放射光彩，獲得了人們的青睞。然而，卻也同時招來人們的利用。晉代的車胤「囊螢夜讀」，以螢火蟲來照明。一個人因貧而無燈讀書，捉螢火蟲，還情有可原。但是如果為了好玩而捕捉螢火蟲就說不過去了。我相信再卑微的生物都有屬自己的生存理由，而螢火蟲也不是為了滿足人類的需求而出生的，牠們生來無礙於人，而人又有何權利決定牠們的生死呢？插手強奪，無異是作為人的桀驁不馴。也許，人類本來就離鳥與昆蟲不遠吧。

我們在人間世的愛恨、慾望，我們生存的意志，我們對死亡的恐懼，都依循著生物世界本能的規則，在戰爭、疾病、天災的威脅下，人類在某個隱晦的角落裡，都隱藏著我們最不堪的卑微與不安。

流螢的舞台應是在樹林、草叢、菜園、水圳旁，而此刻牠卻真真實實地駐足在我家陽台的門上，來到這個車水馬龍的城市高樓裡，這個奇遇可以說是前所未有的第一次。心弦已然被流螢尾端那寶石般絢爛的光芒緊緊地扣住了，我已找不到更適當的詞彙詮釋內心的驚喜與感動。因為夜色與晚風，因為陽台裡有著發亮的螢火，我可以多一點片刻心境的澄明。我難得能一窺這美好的景緻，但我不想擁有。我只願以欣賞的心情與流螢共同領受一分相逢的新鮮與喜悅。

可能察覺我的善意，螢火蟲牠並不急於離開我家陽台。我一邊來回走動晾衣服，一邊欣賞牠的螢光閃耀。待我晾衣工作告畢，螢火蟲又約莫駐留了十餘分鐘，然後螢光一滅，振翅飛去，天地好像由此又延伸了許多。我兩手空空，卻希望滿懷——希望常有螢光靜靜地在我家陽台發光。

——本文原以〈與流螢相逢〉刊於民國八十二年六月二十七日《中央日報副刊》

與夏同住

四季的運轉中，每年我總是期待夏天的來臨，期待賞覽屬於夏日曼妙姿態的自然風貌，期盼在豔陽下揮灑生命的淋漓盡致。

在我心中，夏季有一種特別的美，世界完全亮麗，瀏亮的陽光照遍每一片角落，還有那元氣淋漓地響徹天地的蟬鳴、拂輕塵扇幽香之曉荷、豔烈如火的鳳凰花、鮮嫩好吃的綠竹筍，都是屬於夏日風貌的特色，秋風一至，便枯索難尋。

夏日的光亮讓我看到一種完整的熱情和愛，一種生命的活躍。豔烈的陽光確有洗滌淨化的作用，讓所有的顏色都更鮮亮純粹。夏日晴空的藍，最是奪人眼目。在朝暮之間，雖然光譜隨時變換，但晴空永遠澄清明澈。那樣透明如洗的天容，總讓我情不自禁地神遊於另一番幻境。放眼望去，一片綠意盎然，夏草如茵的綠，最是眩人眼簾，那透明翠玉似的綠，是消暑的妙方。新竹多風，風來時，盈室清涼，綠葉婆娑。風，印入綠色裡，綠，映在眼瞳中，觸目皆是綠意盎然，我的內心也充滿綠意。

對於夏天，我始終有一分不渝的熱愛，愛夏天提早到來的黎明，清晨光而不耀的朝暾總令我對一天的開始充滿喜悅；愛夏天落日隱沒前的舒暢閒適，也愛夏天夜晚的清涼。楊喚的〈夏夜〉在我年少的記憶裡刻下對夏夜深刻而具體的印象：

火紅的太陽滾著火輪子下山了，
羊隊和牛群也告別田野回家了，
當街燈亮起來向村莊道過晚安，
夜就輕輕地來了。
來了來了，從山坡上輕輕地爬下來了，
來了來了，從椰子樹梢上輕輕地爬下來了。……

如今年長了，這首小詩仍清晰地在我腦海中回盪著，一如對夏夜的眷戀竟是如此熟悉，未曾老化。想童年的年歲裡，在自家院落中，嗅聞隨晚風飄來的含笑香，享受摺扇搧來的涼風時最好的催眠曲。

我更愛夏天潑灑的陽光，彷若生命在陽光下汗水淋漓地揮灑，充滿了騰騰地蒸發的熱烈衝勁。我曾經是一個富足的少年，擁有歲月豐厚的資本，在枝繁葉茂的盛夏，盡情地左顧右盼，在風裡搖曳生姿，該我狂狷躁進，該我血汗付出，該我每一分該然，我必須淋漓盡致地活出每分每秒的當然，因為這樣的生命才是美麗，才是值得欣賞的。歲月縱容我貪婪地採集生命的花朵和果實，歲月恣意地在渲染美麗，但是歲月也很巧妙地在銷融青春。即使我熱愛生命如許也無法留住歲月，我畢竟已從生命的盛夏走到了初秋。

回首二十多年來的學生生涯，在台灣的夏季，總是一個教人驚心動魄的季節。當蟬聲劃破湛藍的天空，多少次我頂著熾熱的太陽，奔走在各階段決定前途的大考中，倘促一隅的蟬鳴蔭涼下有陪考的父母，而我在冒著蒸騰熱氣的教室內振筆疾書地奮戰，那一片悶熱、寂靜、腸枯思竭中，僅有筆尖在紙上沙沙作響的聲音與室外綠樹間的蟬鳴聲此起彼落。忐忑不安地等待結果的揭曉，必須承受這些成敗帶來的悲喜，必須學會以更大的勇氣把生命中的每一次挫折、每一回打擊，都當做是生命中必然的磨練。鼓譟的聲律和盛夏溽暑，就此深刻地烙印在我的回憶之中。

已經是生命中第三十三個夏天了，從高中聯考到博士班入學考試，成敗悲喜也幾番經歷，如今我不須再奔赴這些大考了，彷彿一切的得失成敗都可以隨風揮散。走在蟬聲夾道的小徑，乍聞蟬聲噪聒，相互響應地吹起夏季的喧囂，我不期然地想起去年的蟬鳴、前年的、好多年前的……，歲月流逝，而蟬鳴依然是相同的音調，依然如此高亢興奮，那或許是對生命燦爛的歌頌，對生命的熱愛與執著。生命亦有這樣的夏日綠意，夏日的蟬聲總是向我宣示這樣的生命訊息。

一樣的蟬聲，一樣的夏季，而我不再於夏蟬喧嘩聲中奔忙於考試，不必再為等待放榜而內心煎熬，我只是貪戀生命中的每一個夏季，心中湧起人生悲歡。瀏覽這個被夏日明鏡所映照的風城，陽光點亮了遼闊廣大的世界；即使炙熱的豔陽是肌膚的天敵，偏高的室溫令人酸汗淋漓、渾身不適，我沒有埋怨，只是一心期待夏天的到來，也只是妄想留住那一年只有一次的夏季，可以把受潮的棉被、衣物解開來曬曬太陽殺菌、除溼外加蓬鬆作用。也可以讓平日奔波於家務、教職與做學生趕論文的忙碌生活暫時獲致舒緩，讓平日疲憊的身體得到休息，讓奔競的心靈得以喘息，想像如詞人辛稼軒在松蔭下午睡，閒看白鷗與野鳥的飛來飛去的閒適心情：

> 只消山水光中，無事過著一夏。午睡醒來，松窗竹戶萬千瀟灑。野鳥飛來，又是一般閒暇。卻怪白鷗，覷著人、欲下未下。舊盟都在，新來莫是，別有說話？（〈醜奴兒近・博山道中效李易安體〉）

這種消暑的閒適心情是夏天最令人愉快的一刻了，坐在陽台，我於是愈來愈發現自己的渴望竟是如此單純：在和風吹拂下睡一個下午，也許到南寮的海邊捕捉夏日黃昏的餘暉，暫時拋開無關瑣事，擁抱徐徐涼風，將會發現暑熱中的寧靜，然後迎接清涼的夜晚到來。燠熱的白日與清涼的夏夜呈現了兩極交會的情境，即使遇到氣悶躁熱之事，也知道經過白日的暑熱高溫，必將迎接夜晚的清涼舒爽。這一切需要的只是時間和心情，然而，日子便是這般不由分說的過去了，讓你來不及多想。也許，我已不再年輕，不能再浪擲光陰，又不夠老，不能賦閒無事悠游，只好汲汲於功名。有時也暗想，屬於自己的年輕與繁華將盡，只有這一季夏好炫耀。

一直很難忍受秋天將來時的滋味，彷彿一場盛宴就要落幕。而生命的本質就是如此宿命，我們不能長生不老也不能駐顏有術，只能在季節的重複與遞嬗中品味生命的物換星移。

生命的年輪會漸深漸老，但我會記得每一場陽光潑旺的長夏，也宛如記住刻在心上永不褪色的青春記憶。

——本文原刊於民國八十八年十二月二十日《台灣新生報副刊》

等待

在春天的校園中，最讓我心動的景緻無非是學校後門前面廣場旁一棵棵的木棉樹。在其他的季節，你不會特別留意到它存在，它平日總是安靜而內斂，到了冬天葉子落盡時，更是蕭條乾枯地呈現出一種生命的蒼老停滯。然後總在初春的寒冷中，乾裂的沒有葉子的木棉樹梢，突兀地綻放出豔紅的花朵，那麼惟我獨尊的霸氣揮霍，那麼淋漓盡致的任意潑灑，就好像要緊緊抓住了這個它不知等待了多少日子才能綻放的美麗，用盡它全部力量，在百卉都還未綻放的時刻，它不給其他花朵留餘地的緊緊抓住了人們的視線，異彩奪目地撐起了一個初春時節。

我常想，為什麼那麼乾枯的樹枝竟然可以綻放出那麼美的木棉花？是否因為生存的艱難，它才更要努力在艱難的困境中活出自己的價值？直至暮春時節，才不得不無奈的一一零落。

花開花落不由己，繁華謝凋自有時，木棉花的豔麗開放至少證明了它的生命真正存在過，真正美好過。

所有的花朵，都曾經是種子，都曾經是葉子，但它們終究在等待下一季春雨的醞釀中而絢爛奪目，教人驚豔。然而它的背後，卻需要一年的時間，慢慢蓄勢、慢慢等待，到了春天之後，才能真正綻放。一年的寂寞的等待，只能換來一時的絢爛奪目，到了初夏，木棉花還是要隨風飄落，這樣的等待是否值得？

我們可以從木棉樹的變化而見證四季輪轉，而生命，不就像那木棉花開又謝、謝了又開的似曾相似嗎？每個人的生命中都有最美麗的部分，但是它卻不會輕易地到來，需要漫長的等待。生命之樹正在生活的背風處，為自己營造出一種春天的氣象，並一點一點的靠近你。只要你不放棄等待，只要你肯努力。

＊＊＊

我們一生，總是在不停地等待，等待結果，等待揭曉，等待奇蹟。一次又一次，一個又一個的等待就這樣貫穿了我們的一生。

等待，是我們潛意識裡最深沈的期盼，是內心深處最渴求的境界。然而，在等待的過程中，我們卻總是焦慮、不安、苦悶，彷彿我們所想望的總是落空，我們努力培植的卻往往枯萎。人生常常是這個樣子，所謂的「天教心願與身違」，我們所期待的往往是與事實不相符的，這正是等待之所以成為一種酷刑的原因吧。

常常是在候車亭等待著遲遲不肯前來的公車，在車水馬龍、紛雜擾攘的街頭，用焦灼的眼眸搜尋，每一分鐘、每一刻鐘的流逝，及至一起候車的人們已一個個搭上他們所等待的公車，候車亭只賸我一人，孤單而焦急。幾度探視腕上的錶，時間的齒輪，尖利地輾過我全神貫注的神經。我等待著，混亂而悲傷。如果是要趕赴一場會議和邀約，遲到與失約的窘迫，總讓我蒼惶愧悔。但，公車的誤點甚久，畢竟是我所無法掌控和預知的。

在追尋的途中，我們是也否也總是受著他控的因素，而延遲著等待的歲月，或錯失了機緣，體嚐著失落的況味？

學生時代最難以承受的等待煎熬便是放榜的揭曉。每一個等待放榜的夏天總是特別漫長，長的像蟬鳴的喧囂。那種無由透視將來的茫漠，無由預知結果的虛空，是一種折磨。命運總是沉默而無聲，它似乎早已掌控我的將來，卻未曾給我一些忠告與指向，而我只能安於寂寞地等待，未知等待的究竟是什麼結果？我的期待又是如何虛空的功課？

大學重考的那一年，我安靜而忍耐地等待，相信走過夾縫之後將會是一片豁然開朗的山水。卻仍不免茫惑地自問：

為什麼要在叛逆與重考之間飄來飄去？

為什麼要在ＡＢＣ和「之夫也者」之間飄來飄去？

我在冰封的深海裡，尋找希望的缺口，也看見深沈的問題。在等待的歲月裡，揮汗歸來，心中烙印的是對前程未知的寂寞。或者，生命終究是寂寞的吧？

等待的路程，道阻且長，千篇一律的生命境況，竟然帶著宿命般的悲劇色彩。

等待的悲哀，在於前路未知的茫然。我們並不知道這樣的尋找與等待是否果然能有令人滿意的發現。

* * *

年少時，曾在長長的暑假中等待我去信之後對方的回信，我告訴自己，他一定會給我音訊的。但，人生是這麼必然而無所閃失嗎？一天等過一天，路遙歸夢難尋，雁來音信無憑，直到夏天已經結束，在秋風一逕蒼涼之中，我知道，那人是不會回信了，他已經從我的生命中離開了。世間許多情誼與緣會，是否也這樣不經意地錯失了，漸行漸遠便也漸無蹤了。

所幸，我並沒有失去對人的信任與期待。因為，總還是能在人海中得到一些誠懇而真摯的關愛。我仍能執著而認真地去等待生命中的每一場緣會。

* * *

一位大三的導生在暑假轉學至他校，他來辦理離校手續時，我仍然關心的問了他轉學的原因。她沒有任何隱藏地與我談到早在初進這所校園時，就決定要離開了，因為他不滿意這個資源不夠豐富的狹窄校園，因為青春短暫倉促，他需要眼界開闊的發光發熱，不能就此被困在這個小小的竹大。我遂不再言語，快速地為他在申請離校單上簽名。

不能安於斯境就不能全心投入，不能全心投入就無法培養成就深厚的感情。惟有深厚的感情才禁得起等待。只有願意等待，才學會珍惜。

＊＊＊

聽過「望夫石」的故事：「昔有貞婦，其夫從役，遠赴國難。婦攜弱子餞送此山，立望而形化為石」，丈夫出外從軍，妻子天天到山坡上遠望，望著丈年早歸，一日望，兩日望，也不知望了多少日子，卻總是「過盡千帆皆不是」。每一次凝睇貫注的希望，就是每一回期待的落空與破滅。最後，人們發現她已化成山上的石頭，從此風化成石像，遂日日夜夜的立定而望向遠方了。你能想像那女子遠望時的心情嗎？在她來說，生活只是一件事，盼望丈夫歸來，心全在這裡，感情全在這裡，等待已成為她生命中最大的事實，望夫石成為永恆的盼望而永不失望的淚水結晶，是用生命全心以赴的等待。從無盡的凝望到血淚凝固的冷卻過程，展現女子殉身無悔、義無反顧的堅持，於是消殞憔悴，於是感傷心碎，悠悠默默，無怨無悔，成為無情天地、荒山冷崖上一尊深情摯熱的見證。張望的眼神不再殷殷熱望，悸動的心不再拳拳搏動，相思在此凍結，希望在此凝固，體溫在此冷卻，不惜由人物化成固守不移的礦物。望夫石似弱而實強地擁抱缺憾之愛。深深打動我們的即是那份頑強、執著的用情態度，那種無怨無悔的投注精神。

等待是苦，因為等待常常伴隨著寂寞孤獨與焦慮不安；但等待也同樣是美的，在那些漫無止境的等待中，你可以用想像去裝飾每一個平淡的日子，你可以用夢幻去銜接每一個明天。

生命的光輝來自期待和承諾的償現，雖然償現的過程或許免不了痛苦的衝激和撞擊，只是，我深深覺得承受痛苦的本身還是美麗的，伴隨著痛苦而生的消沉和放棄等待才是傷折。想起詞人馮正中的「獨立小橋風滿袖，平林新月人歸後」，黃仲則的「為誰風露立中宵」、「小立市橋人不識，一星如月看多時」，已是夜幕降臨時分，詞人仍然深情地站在那裡追憶，聊以慰藉破碎的心靈，始終不渝其志，充滿了為了等待而獨自擔荷的孤寂之感，在篤定、無悔中摻雜著模糊的惆悵。

＊ ＊ ＊

有一篇論文，在過去兩年投稿的際遇中被退了十次，遊歷過一家期刊又一家期刊，漂流過一本學報又一本學報，一次又一次地收到退稿的回信，那種鉛字的客氣，其實是一種打擊人心的冷漠和不屑。似乎足以向我證明，這篇論文真的不怎麼樣……

雖然失敗多次，我仍放不下自我感覺良好的珍帚心理——畢竟這是我用了時間與心血投注的成果。我仍想要再給自己一次等待的機會，於是在決定再試一次國外的期刊，這本學報上的

〈稿約〉上寫著：「三個月後未得到本刊採用通知的稿件方可自行處理。……我刊投稿量實在太多，發文壓力很大，如有怠慢或割愛，請多諒解！」如今又是半年已過，這篇稿子的消息石沉大海，我幾乎要認定敝帚只有自己知道它的好，敝帚的命運只能自珍自藏。意外地在今年即將要結束前，收到主編有溫度的來信：「您好！您的文章已經投來很久了，但由於郵件太多，加上編輯人員的疏忽，竟然給遺漏了，近日我清理郵件，才發現您的大作。未能及時給您回復，深表歉意！為了彌補您並表達我們的歉意，大作準備在新年的第二期以『特稿』刊出。作為補救。」

在歲暮時刻，得到了這麼意外的禮物——敝帚不但未被退稿，而且是以「特稿」的待遇被接受而刊登在首頁，「失而復得」的擁有，讓人格外珍惜。於是我懂得，不用急著為生命裡遇到的事情下定論，不必急著要生活給予你所有的答案，事情的發展常常會有出乎預料的結果，只是你要拿出耐心等待。回報，不一定在付出後，立即出現。生活總會給你回報，但不會馬上給你，生命總會給你答案，但不會馬上把一切都告訴你。

我想起了曾麗華〈我寂寞故我在〉的一段話：「生命，是個奇蹟；生命，沒有奇蹟。」誰說生命沒有奇蹟？生命存在的本身就是個奇蹟。等待的歷程，原就是要忍受漫長的煎熬，生命的成長，原就要在幻滅中尋找希望的可能。

要相信陽光，縱使在陰鬱的日子裡。

要相信希望，縱然我們恆常擁抱孤寂。

要相信歷史的循環——夜再長，白天終會到來，走過寒冬，便見初春；經過白日的高溫，將有夜晚的清涼。

等待其實並不真的可怕，那怕是終其一生，期待依然落空。怕的是失去了等待的勇氣，輕言放棄。

我不等待奇蹟，只把每一個能感受、能掌握的日子，視為奇蹟。

——本文原刊於民國八十九年三月二十四日《台灣新生報副刊》

想念的心情

又是新學期開始的時刻了，記得與你們初遇的時節也是秋天，天高闊湛藍，在南寮的海風吹拂的操場中，你們站著，四排並列為一整齊的長方型，在陽光與陰影的交界處。剛剪淨告別童年的短髮，我們彼此打量，而你們則略顯靦腆地對我微笑著。

從操場到教室，你們坐在位子上，唇角朦朧帶笑，睜亮一雙雙好奇的眼眸，面容因新鮮感而光彩煥發，而我站立的方位是與你們三十八位男孩女孩對立的講臺。今日以後，我將扮演你們的導師。一旦為師，便在心中訂下盟約，要竭盡所能地做一位牽引者，讓你們滿懷希望開始國中階段新的學習日子。

初為人師，我也單純地採取從前還是學生時代所希冀老師對待我們的方式來對待你們。我讓你們了解，我是你們的導師，也是你們的好朋友，既能分享你們的歡樂喜悅，也能分擔你們的悲傷愁苦。我可以感受到你們正在逐步地成長蛻變，偶爾天真浪漫，偶爾徬徨無主，偶爾活潑可愛，偶爾心靈孤單，許多時候，我願意彎下腰來，像位朋友、像位大姊似的以溫暖的心來包容你們，貼近你們。

我一再地說：「你們有意見、有心事儘管說出來。」

你們總算突破了傳統的束縛，從過去的陰影裡走了出來，明白了「尊敬老師並不需要絕對的服從」、「我有權說出自己的感覺和想法」，因為，即使老師一切作為都是為你們好，也不可能面面週全，更不可能憑空預知你們的切身感受，所以我非常需要你們提供意見，來調整我的想法和作法。對於你們的建議，即使我無法接受，我也能有機會向你們說明原因而獲得你們的諒解。而你們暢所欲言的反應往往是真實而直接的，那代表我們之間的鴻溝隱然化去，你們不假修飾的言行經常是毫不隱瞞地表現喜愛或排斥的感情，因為知道藉著雙向溝通，可以增進師生之間的相互了解、信賴。

或許是我對待你們的方式比較人性化，你們擁有比別班學生更多開放的自由和空間，但也同時比別班缺乏「憂患意識」的警覺性。加上學校因施工中教室不夠使用，你們被安置在最偏遠、最高層的音樂教室，幾乎與學校其他班級少有接觸的「離群索居」。上課鈴響，你們往往是「大音希聲」而毫無知覺；訓導處、校長室等「中樞地帶」對你們這樣的「邊緣班級」常是鞭長莫及，你們往往缺乏警覺，待訓育組長的身影飄然而至時，你們往往被嚴格的斥責、訓誡：「還不睡覺，都在幹什麼，全班給我出來罰站！」

常常在全校已安靜午休之際，你們被訓育組長的麥克風大聲廣播：「現在已是午休時間，一年六班卻還有同學在走廊上，現在全班到操場集合！」

見你們在全校午休之際，被罰站在操場上，烈日炎炎的灼曬，我的心也被灼傷。見你們兩手平舉被罰半蹲在訓導處門外，我的心在疼痛。久而久之，「一年六班」似乎成了全校「最糟糕」班級的代號，每位老師先入為主就認定「一年六班很吵鬧！」「一年六班缺乏紀律！」「一年六班至今未進入國中生活的軌道」，校內生活榮譽競賽成績，你們多是敬陪末座。

更多時候，你們被受操練是無辜的，往往你們在被訓誡之後滿臉的難堪與不滿地告訴我：「英文老師要求我們午休要訂正考卷，我們正在發考卷時就被訓育組長不分青紅皂白地罵了！」「三年級的男生在三樓走廊游蕩，訓育組長便以為是我們還沒進教室。」……

從來沒有人去設想你們所處的地理環境實在太偏遠了，任何一個班級被安置在此，都難免要心緒浮躁鬆懈，對待你們，如同做父母的心，自己可以責備、處罰自己的孩子，但卻不願意聽到別人對自己孩子的批評、責罰。我嘗試和訓育組長溝通：「請您留給他們一點自尊吧！」「請您多給他們一點包容」。訓育組長頗不以為然地說：「包容？尊重？理論歸理論，實際歸實際，愛的教育到頭來是一堆狗屎！」這是他對我之於你們教育方式的結論，而你們真是他人眼中冥頑不堪的一班嗎？我不想再與他爭辯，但這一年來，我敏感地覺察我與其他導師大異其趣的教育方式是受排擠、被抨擊的。在辨公室的一角，我經常是孤立無援的，而各種冷言冷語無一不刺傷著我：

「研究所畢業又怎樣，缺乏實務經驗，連個班級也帶不好。」

「老師怎麼可與學生打成一片，要有個老師的姿態，要和學生維持距離，否則會失去老師的權威的。」

「連布置教室也幫著學生做，會養成學生的惰性。沒有教學經驗的人就是不懂策略應用。」

「一年級就太縱容他們，到二、三年級就管不住了。也不多替他們未來的導師著想。」

……

種種話語，不管出自有心或無心，不論出自善意或惡意，均進入了我的心。一個班級的好壞，難道就取決於每星期生活榮譽獎狀的多寡嗎？那是很容易做假的東西，只消在糾察隊腳步聲響之際擺出安靜無聲的姿態即可獲得。至於縱容，相處以來，想同你們親近，培養出一種對話空間與溝通理念，便這樣做了，竟未經理智約束。但縱容的初衷本意是我希望我的學生快樂自在，不將斧鉞加身，不以冷言輕薄責成，你們應該被包容、引導，在諒解與寬恕的環境中長大。即使你們犯錯，也只有經過你們本身與外在世界的綿綿互動，方能逐步建立起是非對錯的觀念，才會內化為你們的價值觀。多年來的教育體制太過相信言教、訓誨、獎懲的功能，以為這才是教育。但我什麼也不願說，因為在威權掛帥的教育體制下，這些理念或許只能視為末流，而我這位與學生打成一片的老師亦被指為另類的「歧出」。

終於知道，教室裡那片大黑板不是我的安全靠墊，而是必須沈重背負的十字架。講臺並不是讓我居高臨下看清楚學生的台階，而只是看更明白己的理念是岌岌可危的。但也只有在教室裡，在與你們相處的時刻，我可以遠離辦公室裡那種被孤立的冷黯，我可以忘卻成人的世界中有這麼多不能交流理解的苛責。

總想多為你們著想，唯恐做的不夠多、不夠好，課餘時我細心閱讀週記、作文中你們的心跡、思緒，往往一批閱下來，我紅字的評語、建議竟比你們的文章還長。這對我來說是極其沈重的負荷，但你們只是期待著發作文時，看到老師與你們的交流互動。

往往昨天才上作文課，隔天你們就追著我問：

「老師，作文到底改好了沒？」

而我也會俏皮地答聲：「還沒有啦，哪裡那麼有效率，你當我是神力女超人啊，不要給我壓力！」

待發作文簿時，我告訴你們：「這麼多評語，你們該滿意了吧！」

你們說：「才不呢！再多仍嫌不夠。」理由可是冠冕堂皇：「因為老師評語愈多，我們寫得愈起勁啊！我們打開作文簿時，內心才會有滿滿的期待啊！」於是全班相呼應，如此起彼落的水泡，熱鬧滾滾。從你們心會神通的眼神，活潑可愛的言行，讓我陶然地忘了這一身的倦意。

當你們參加校內籃球、拔河比賽，我去為你們加油、打氣，你們輸了，失望、埋怨的心情寫在你們年輕的臉上，但我總告訴你們：「人生本來就有意外，就當玩一場遊戲、一場賭注，何必那麼生氣呢！」

每週一升旗時頒發生活榮譽競賽得獎班級始終沒有一年六班的名字，這時你們會將目光轉向我，猜臆老師大概很失望、傷心吧，而我總別過頭對你們開懷一笑，那是一種包容、一種鼓勵。了解自己並非完美無缺，學會有進有退，勝固欣然，敗亦可喜。重要的是我們嘗試參與了，也盡心盡力了。挫敗時，依舊擁有已頭上的那片天空，而非否定自己，自暴自棄。

一年的時光，行色匆匆。或許你們從沒有想到朝夕相處的導師，竟是以代課教師的身分來與你們結緣的。當時我剛完成碩士論文口試，甫自學校畢業，匆促之間還找不到正式任教的機會，只能應徵代課教師。而你們學校因當年新生報到人數超額而臨時增班，加上有老師請一年的育嬰假，臨時通知，我才能有這樣的機會和你們晨昏歡笑，切磋交會，共度生命之中值得紀念的一段時光。雖然，我多麼希望能再陪著你們度過未來的兩年直到畢業，然而，代課老師是沒有保證性，並且目前大班大校的環境中，只有施展威權管理才能要求學生作息一致，「罩得住」學生的老師才是所謂的好老師，而較為重視人情與師生互動的教師則不易在此情況下生存，更不會受到鼓勵。明白自己的理念和作法在這環境中是受指責的，加上我「研究所畢業兼代課乏經驗」的經歷，成了大家眼中只談理論又缺乏要領的人。總總原因，我自忖不適合中學教書的環境，終於讓我決定該離開國中教學的工作了。我也順利應聘到一分私立大學國文講師的工作。

六月，天氣愈來愈燠熱，我知道與你們相處的日子在一天天地減少了。我只想多陪你們，爭取更多與你們相處的時間。因為知道，在未來的生命中，不會再有一個班級的孩子，他們喚我「導仔」，他們行事一切皆以我為主導，他們信任我、親近我，在他們心中，導師永遠居於一個崇高的、無可取代的地位，對導師永遠存著真誠無偽的情感。

臨學期末，你們成天盯著我問：「老師，下學期您會再帶我們嗎？」可是我卻沒辦法回覆你們！我是個代理教師，勢必要離你們而去，我只能沉默，因為知道真正的答案將讓你們失望。而你們靈敏，總要在課餘到辦公室閱讀一些我藏在眼中的心事，似乎也感受到眉宇之間的陰晴，還是那句話在重複追問：「老師，我們希望您繼續帶我們直到畢業，不然誰幫我們解決問題？誰鼓勵我們？誰安慰我們？」

逃避問題不是負責任的態度，我想是該交代我自己的動向了。就在上完這一學期最後一堂國文課時，刻意留下二十分鐘，合起課本，低聲地說：

「時間過得真快，這是我為你們上的最後一堂國文課了。」

教室內的氣氛突然沈寂感傷了起來。

我接續著說：「這一年，沒把你們帶好，造成你們學習精神散漫，班級紀律鬆弛，造成了別人對一年六班評價的低落，我難辭其咎。但是，在我心中，從來不認為你們比別人差。相反的，你們的勇於發言、重情重義、盡心維護同學，你們的幽默天真、活力四射，較之其他班級更具年輕活力。也許將來社會上的人才都集中在我們這一班。畢竟，我的教育態度、管理方式還是導致了你們的鬆散、習慣性的喧鬧，總讓我覺得對你們抱歉。所以，我決定離開、讓新的導師來帶領你們漸上軌道，開發新氣象。未來我將於某大學任教國文，有需要我幫忙，可以和我聯絡。如果我們有緣，或許會在另一個時空相逢。讓我們歡歡喜喜地見面，開開心心地道別。」

說著說著，我發現自己的眼眶溼潤，盡力用微笑來掩飾。

女孩們低頭不語，男孩則是抱怨地說：「我們即使不夠好，讓您失望，您都應該帶領我們，讓我們更好，而不是離開我們，放棄我們！」

「老師，教大學比較輕鬆，課比較少、學生比較聽話、薪水又多，所以你寧願放下繁重的國中導師工作，對不對？」

「老師，你根本沒有職業道德，做事沒耐性，帶領我們到半途，遇到困難便逃之夭夭了。」

……

你們一呼四應，對我滿是抱怨，但你們何嘗看到我心中的感傷與悵惘，心中的茫然與不捨？孩子們，請原諒一位代課兼流浪的教師只能離去，因為制度使我無法繼續留下來。而你們的誤解，終究讓我說出最不想讓你們知道的真正原因：「其實，我只是代課教師，你們真正的導師下學期會結束育嬰假回來帶你們升上國二。」

或許潛意識裡害怕因自己不是個正式老師而失去你們的敬愛，我一直隱瞞。或許在你們心中，我從來不是個代理教師，但我卻要離你們而去。

在學期結束的那一天，早晨到校，陽光流瀉在我辦公室的桌上，襯著各式五彩繽紛的包裝紙盒閃閃發亮，在素淨的導師室裡，這些禮物特別耀眼奪目，而包裝精緻的盒子，顯示出送禮人的細心與慎重，沈積在心底的溫柔升起來了，我知道那是你們——我親愛的學生孩子留給我熱情的紀念與祝福，我以一分虔誠而珍重的心情一一拆閱你們的禮物和卡片，上面寫著：

「雖然您告訴我們你是代課老師，但在我們心中，您是我們一年六班永遠的正式導師，無人可以取代。」

「雖然您是老師，我們是學生，可是您對待我們有如朋友，也像是個大姊姊帶著一群小弟弟小妹妹。您無法再教導我們，然而我們永遠惦記著您。」

「非常感謝您這一年來的教導和關心，我永遠不會忘記您那親切的微笑，具有安定人心的作用。」

「在我心中，您是一位很好的老師，或許您覺得教我們很挫敗，但沒有一件事是可以一開始便平穩而順利的，希望您在新的學校能有更好的發展，雖然離別是無奈的，但我相信若有緣一定會再相聚的。」

「雖然本班的風評不好，但我們卻有一個無人能比的老師，她有如上天派來的天使來照顧我們這群孩子。」

……

讀完你們真摯的心意，我的心載滿感動，有一股難喻的類似情感被觸動，深厚、篤定，摻雜模糊的惆悵。迎見文字，迎見朝陽，這一年，我們師生一場，那是我最失敗的教學經驗，卻與你們結下最真摯的情誼。正處狂飆期的你們和初為人師的我，或許因為青澀紊亂，一切都是初的感動。

雖然你們有時不免迷糊，犯下一些瑣碎惱人的過錯，令我操心，令我傷心，然而無形之中，感情就這麼一點一滴地加深了。或許有人未必認同，但我始終相信，每一個本性善良的孩子都有相當的可塑性，沒有一株正在茁壯發育的新苗是無可救藥的。你們的單純善良，如一株株潔淨的白蓮未經現實污染，往往是最淳厚天真，最沒有心機，同時，也是最有感情而知有所回報的人。與你們共同度過的這一年時光，是我這一生最值得回憶的日子，因為你們用最純潔的年少陪伴了我，使我再一次肯定人性純真的一面，而這也是我願意抱持的信念。

有一天，你們終會長大，將領略到人生的悲歡離合是無可奈何。明白了青春是段跌跌撞撞的旅行，擁有著後知後覺的美麗。明白了絢爛歸於平淡是生命的必然，世上豈有不散的聚會，或許感傷就可以釋然化解而不必掀起巨大波浪了。感謝上蒼安排我們的相遇，遇見就是一種緣分，哪怕只是短暫的相會，但卻成為我教書生涯中絕無僅有的一次國中教學之旅。

當我已離去一段時日，卻始終牽掛你們，在新導師的帶領之下是否能適應？整潔、秩序的表現是否有進步？我特意找個無事的午後，搭乘15路公車再度來到熟悉的南寮——在風城的海濱，風特別大，天特別高，大地特別遼闊，我仍忍不住回顧遠觀——就在南華國中校園右側那棟樓最高的窗內，我一個人能和你們三十八個來自不同家庭、環境的孩子們在一個屋簷之下同悲同喜，相照相溫，飛鴻雪泥，尋思舊跡，你們年輕而樸質的臉龐依然清晰分明，你們風鈴似的笑聲依然耳畔迴盪。

一年六班的你們還好嗎？我真的很想念你們。相信我們雖然在不同的地方生活，在過去的每一年和將來的每一年一樣，我們都會走在變得更好的路上。

秋涼時節糅合著海風漸起，有風的感覺真好，隨風細細編織，靜靜期盼，有些眷戀，有些惆悵，在不期然的相互撞擊和久久的回憶中流動。

想念你們的心情，在歲月的流逝中，時時更新，從不曾遠離。

——本文原以〈南寮代課手記〉刊於民國八十五年七月《張老師月刊》第二二三期

用愛彌縫

有一種希望，是在等待與不等待之中來臨的，就像木棉樹的開花，就像女兒的成長與進步，我似乎是等待了許久，又似乎是在不經意之間便邂逅了生命的精彩。

窗外那棵半殘的木棉樹，三年前因枝椏倒向教堂而半邊被鋸掉，卻依然站在大道旁，忙著為人們製造風景，忙著為都市的奔競製造精神偷渡的空間。彷彿這是它的職責，即使曾遭霜斤斲傷，它依然挺著身子硬撐傷殘的肢軀，讓熱情奔放的橙紅，似火焰般噴薄欲出，似晚霞灼燒於墨黑色的枝幹之上，花枝高挑，路人皆需仰視才得見花容。那是木棉樹對抗殘缺的方式，是木棉樹對天地的一種壯烈的宣示，宣示自己仍有生生不息、不容摧毀的生命活力。

然而，很多時候，我目睹它那僵枯的斷幹、槁蝕的殘枝，與皴裂的樹皮，似乎有著痛苦的瘂癪在其間，銘心的悲憤在其間，我幾乎要認定木棉樹的生命在此轉折成沈重的頓點，不再展現任何變化的訊息。未曾想像，醜陋枯寂的形體，竟可以美的像神話。我不知道，木棉樹它如何掙扎、徘徊、迂迴曲折，它的心靈如何起伏跌宕，千回百轉，只為在缺憾中尋求完美，讓時空豁達，讓滄桑渾厚。

四歲的女兒常黏膩著我，和窗外的木棉樹一同欣賞日升月落，時而仰起她的小臉蛋對我甜蜜撒嬌地說著：「我愛媽媽，好愛好愛！」那樣的軟語溫存，那樣的童稚純真，那樣不可抗拒的感動，向我詮釋愛的真諦，我似乎有著「苦雨終風也解晴」的慨歎。回顧這四年來一路行來的種種，內心萬感。而當悲傷重現腦際，回首時竟有著芳醇的甘美。

* * *

心靈最初的悸動始於迎新的喜悅。那是深秋已涼，寒冬未來的時節。也是木棉樹上的綠葉轉黃，將落而未落、稀稀疏疏地透著落寞的時刻。

多少次期待與落空的矛盾反差，讓我幾乎要認定今生今世我無緣有兒有女。多少次我虔誠地向上蒼祈求，或許是上蒼憐惜，天知道我多想成為一個母親，天知道我多麼殷望有一分骨肉親情的牽掛，所以，女兒終於帶著前世未了之因航行於輪迴之海來到我的生命中與我結下母女的深緣。那種生命共同體的感覺，呼息與共，血脈象通，是那般令人心動。

在接近產期時，我常對著腹中的胎兒說：「小寶貝，要按時出來哦，別讓我等太久，媽媽迫不及待地想與你見面。」但是，小寶貝不知是聽若罔聞，還是覺得母親的子宮比較溫暖，硬是賴皮不肯出來。直到四十二週仍無動靜，這是一種最難捱的時光。我不免擔心胎盤鈣化而與醫生商量準備催生。在醫院從吃藥到打子宮收縮劑已二天，腹部隨著藥劑的效應而疼痛難耐，然而仍是無生產的跡象。看著同房的待產婦一個個傳來喜訊，而我卻只能等待，等待是一種酷刑，在焦灼中我開始荒謬地害怕胎兒將永遠留在我的肚子裡，而我的十月懷胎所背負的辛苦也終是枉然。

在生產檯上，我疼痛、焦灼，卻又滿懷希望、興奮異常。我不怕痛，有劇烈的陣痛才有我與孩子相見的可能與希望。因為母女的緣份與生命的誕生是這麼的珍貴，必須以驚天動地的疼痛來銘記，我在腰腹間似被撕裂的痛苦中用盡心力與孩子共同為我們的見面加油、努力，要通過那一條黑暗、狹仄的通道，這是一場艱辛的拉鋸戰，對孩子而言，這也是人生旅程的開展。沒有人可以給他指引，只能靠生命的本能，以及母親的合作，孩子才能衝過狹隘而幽暗的產道，來到這個光明多彩的世界。我每每因用力過度難以為繼而幾次欲昏蹶睡去，但孩子正奮力衝撞，一次比一次地劇烈地提醒我做母親的責任，心中有一個更強烈的聲音在提醒自己——不能休息，不能放棄，要陪著我的孩子一起完成出生的重大工程，要把孩子從幽暗狹隘中推向手術燈那亮晃晃的世界！

就這樣，當我聽到嬰兒清亮的哭聲時，醫生已把孩子拉出，這不是一聲普通的啼哭，而是一種莊嚴的宣告，宣告一個新的生命已降臨到這個世界，那也是我一生聽過最動人的聲音，那樣清亮高昂，那樣飽含充沛的生命活力。見到孩子平安降臨，緊繃的神經才真能全然釋放。我輕輕地對她說聲：「辛苦妳了，小寶貝。」見到她粉嫩嬌小的模樣，正在那兒啼哭、掙扎，對這個光明廣闊的世界顯然很不習慣呢！雖骨弱筋柔，而握固的拳頭卻充滿對人世的肯定。心中的那份滿足感，已驅趕著方才受痛苦折騰的感覺。是的，當一個活潑健康的小生命展現在你面前，再大的痛苦也值得，健忘的母親享有最大的喜悅。沒有人知道流動在我心中的是一種怎樣的驕傲與優越，彷彿歷經了一場艱鉅的戰役，我凱旋而歸，亢奮歡欣的情緒一直持續著。

女兒是仰望著天空而出生的，很不一樣的誕生姿勢，醫生說：「因為是朝天的姿態，比較會延遲產期」，而我卻認為因為孩子彌足珍貴，得來不易，所以要見面也須歷經一場等待的煎熬，才能讓我們更珍惜這一生一世的母女情緣。

女兒一出生時，就睜開雙眼，東看西瞧，忙著探索一個全新的世界，她是個好奇又聰明的孩子。一雙慧黠的眼睛，小巧的嘴巴，不時以誇張的動作表情來逗弄我們，在開懷大笑之時常令我油然而生「有女如此，夫復何求」的幸福之感。看著孩子從會爬、長牙、搖搖擺擺學走路、口齒不清地想要表達些什麼，這是一條充滿期待的生命路程。

＊＊＊

期待的路程，也有著事與願違的滄桑，但我們無法預知。木棉樹葉由青綠到枯黃的過程，似乎也象徵著生命的轉折。等待它的只能是最終的墜落，在完成墜落之後生命才是一個完美的過程。入冬之後，木棉的葉子已枯萎飄落，如同生命的貪嗔癡怨、悲歡哀樂，不過是流轉之間的往復迴環，我們可以輕易解說季節遞嬗、生命循環的道理，然而沒有人能夠圓滿的回答，為何木棉枝葉褪盡前的虛脫，竟帶著宿命的悲涼？為何木棉樹幹的肌膚因內心的疼痛而悄悄地顫抖，但依然留這身清臒傲骨，仍固執拓畫翹首的姿勢？

或許，上蒼選擇了我們，放心地把孩子交給我們，因為相信我們比別人更有愛心和耐心。在與女兒臍帶相連的那一刻起，除卻「有女萬事足」的幸福感之餘，我便被授予一份絕對的付出與投注，同時也承擔了更大的責任，接受了更多的艱辛。

二歲多的她在語言的發展上稍嫌遲緩，細心的褓姆疑慮地提醒我們：「這麼聰明的孩子，不應該才只能說一些單字及詞，我認為她可以表現得更好。」應該是褓姆她太緊張了吧，不少小孩到了四、五歲才會說話，而我們的女兒已經會說二、三十個字詞，應該算是不錯了。駝鳥心態讓我們找許多理由自我安慰、自我說服。可是心中漸漸有了不安的疑慮，幾回在背後提高嗓子喚她，她總是相應不理；電鈴、電話聲響起，她總能不受干擾。是她太專注於眼前的事物呢，還是——我不敢再猜臆下去了。當一次打雷的巨響仍未驚嚇到她時，我心中開始有了極不安的恐懼，直到醫院的腦幹檢查的無情測試向我們宣告了一個殘酷的事實——女兒是重度聽障兒！宛若承受一記有力的鞭笞，得知自己可愛的孩子竟是被聲音遺忘的小天使時，我們心中的哀傷與悲痛是無法言語的。多麼希望這只是一場惡夢，夢醒之後我的女兒仍然是個正常的孩子。但是我的淚水與祈求都無法改變女兒是聽障的事實！

這一次，上帝祂很忙，聽不見我悲泣的禱告。心中的河流沈澱著我的歎息、我的遺憾、我的悲涼。

當世界驟然成灰，天地籠罩著陰雲，對於生活的詮釋態度不再樂觀，「幸福」二字成了詭譎奇異、定義搖擺不定的象徵。我看著窗外木棉樹，宛如戰敗英雄等待出發的悲愴。在日起月落、風高雨驟中屹立，雨露之所濡，甘苦齊結實，默默地承受所有造物者的給予，如同涵納生命中所有的悲歡哀樂，所有的缺憾與完美。

天意的安排，是一個無法用人力去改變的事實。面對這樣宿命的安排，我的勇氣和耐心總是顯得單薄而微弱。在傳統的觀念裡，在我既有的印象中，聽障者是又聾又啞，總是比手劃腳地打著手語卻說不出話來，只能一輩子聽不到地活在無聲的世界裡，無法回歸主流的學校而必須接受啟聰班的特殊教育，必須承受別人異樣的眼光，或許還無法和一般人求職競爭、找對象。看到孩子的天真無邪，似乎不知在她的生命中，需要面對的是比一般人及早到來的挫傷和更多的磨練，而在她的成長過程中，也需要更多的呵護與照顧。現在我們還能陪伴她、保護她，可是將來我們老了、離開了，她該怎麼辦？

一個孩子學習語言是在母親的子宮裡就開始了，終於知道為什麼我日日對著腹中胎兒說著：「小寶貝，要按時出來哦，別讓我等太久。」她硬是讓我等到四十二週仍無生產的動靜，不得已才以催生的方式強迫她出來——原來我的寶貝聽不到我對她說話的聲音。終於知道，為什麼她那麼容易受到驚嚇，因為她聽不清楚無法確定外界的動靜，所以極度沒有安全感。原來三年的日子，她都生活在無聲的世界裡，想想，我的孩子已耽擱了多少學習語言的時間？在女兒兩歲一個月時替她配戴了助聽器，幸運的是她並不排斥，且樂於接受。之後，更重要的事是語言和認知的學習。五歲以內是孩子學習語言的黃金時間。我必須打起精神，讓孩子得到最好的照顧和教導，不讓女兒的生命中有遺憾。我開始與時間賽跑，因為我要是浪費一天，女兒就貽誤了一天學習的機會。

或許，每個人都應有面對現實的勇氣，堅忍地挑起自己的重擔，無可逃避地要去啜飲生命中流觴，不管是苦澀或是甜美。

在沒有奧援的情形下，我只能以土法練鋼的方式不斷地跟她說話，不斷地告訴她這是什麼，那是什麼。坐在車上，我對著一路流逝的窗景向她敘述。在超市購物，我拿起架上的貨品向她說明名稱及功用，我不斷地向她輸入，任憑旁人以異樣的眼神看我。我陪著她扮演各種不同職業的人們的生活形態，陪著她看書遊戲。當她在玩球，我微笑著說：「球」，她也跟著念，我聽起來像是「ㄧㄡˊ」，當我看到故事書上的駱駝，我說：「這是駱駝」，她唸成：「ㄌㄨㄛˋ ㄆㄨㄛˊ」，但是沒有關係，我一次又一次地糾正她，她一次比一次唸得更好。看著女兒認真的學習，求知的專注，當她睜著一雙慧黠的眼睛，指著書上的圖畫，企求我告訴她正確的讀音時，我感動莫名。

孩子都這麼認真了，做父母的又怎能不如她呢？失聰的孩子總有靈敏的觀察力和早熟的心智，在她兩歲多的小小年紀裡，似乎也察覺了自己的耳朵與別人不一樣，她也正以人為的努力來克服先天的缺陷。「努力」這兩個平凡的字眼，卻充滿了對絕望的不甘心和在絕望中強自掙扎的毅力。在家中的某個角落，總能見我的孩子在朗朗誦讀的聲音，那聲音可愛而清亮，純乎天籟。孩子是一匹黑馬，但她絕不是騎著一匹黑馬跑出來給你看。在努力的日積月累下，每一種存在都是適者。

生命中若有缺憾，絕不只是為了挫傷我們，更是教我們學會用愛修補破損罅隙。當真實的世界無論如何都不肯給我們一段精彩而圓滿的情節的時候，我想我們也只有在自己的心裡努力去整理、刪節與潤飾了。上天雖然為我的孩子關閉了聽覺之窗，卻也同時為她開了另一道窗，上蒼賦予女兒有有不錯的耐性，不差的嗓音和不壞的記憶。

我相信，生命中若有圓滿，絕對是來自於人們不斷付出一份愛，一份無怨無尤無止境的愛。即使曾傷心如此、困惑如斯，但經由這樣的援引與關懷，我們仍可以對天地間的缺憾抱持圓滿的憧憬與嚮往。

上帝不在的地方，宇宙不哼歌，我們讓愛降落在這裡。

在最無可奈何時，仍然繼續耕耘，仍然相信明天。

＊＊＊

生命是有充分的餘裕的，每一種生命情境都有它令人稱頌的特質。即使是寒冬，萬物逐漸陷入沉靜與冷寂，但仍有新蕊在醞釀待發。我相信飄泊的生命一如在寒冬中乾枯的木棉，在天地間作一名寂寞的守候者，耐心地等待春臨。終究在每年的春天，在寸寸肌膚的拉扯中，燒出一朵朵氣勢動人的豔紅壯麗，用這奢華的裝飾向人們宣告槁木不死，英雄不衰。英雄們永遠是時代畫卷中最亮麗的一筆顏色，他們站在歷史的封面之上，成為象徵，成為永恆。生命的運動永恆如斯，聽見鳥鳴蟲嘶，接觸風的溫柔，看見陽光展現於花朵與樹梢的能量，看見季節妝添的顏色，看見生命被賦予的智慧和精巧，我們也學會把屬於自己的青春耕耘出絢麗紛紜的希望，與心中的春天長存。

曾經在候車室裡，一個女孩坐在我們的後面，用奇異的眼光看著女兒耳朵上的助聽器並問她母親：「媽媽，前面那個妹妹為什麼耳朵戴上那奇怪的東西？」她母親回答：「因為她耳朵生病了」，我回過頭來看著那戴著近視眼鏡充滿好奇的小女生，再一次的向她說明：「小妹妹跟妳一樣，妳要戴上眼鏡才看得清楚，她要戴上耳機才能聽清楚。」小女生接著問我：「耳朵聽不見會不會痛？」我告訴她：「耳朵聽不見不會痛，但是，如果人們不了解她，不接納她，她的心會疼。」這份了解，有人說，那是憐憫，而我們卻知道那是支持，是疼惜。

女兒最喜歡央求我說故事給她聽，畫圖給她看。我們要一個輪廓來把我們畫給自己看。我們需要一則故事來把我們說給自己聽。在這幅畫與故事裡，有著我對女兒永恆不渝的深情與孤意，經歷挫折的莊矜平和，接受一個現實便另拓一片蒼翠的無限生機。我偷偷的在她睡著了以後，看著她無憂無慮，天使般的臉龐，任我一直讀下去也不會厭倦。我撿拾她每一張畫作珍藏，細數她的成長腳步。她畫畫的筆觸像行雲流水，一點也不遲疑；她說的故事雖不完整但是我很愛聽；她問的問題雖無關宏旨，但我總是認真從不敷衍地回答她的疑問。

上蒼給了我這樣的女兒，雖不完美但卻是聰明、可愛還有那一點被容忍的調皮，我是該感謝的，有了她的陪伴，家裡才有朗朗的歡聲笑語。相對的，她每一次的進步都帶給了我們更大的成就與喜悅。在配戴助聽器十一個月之後的她，不但能正常的與人對話互動，且已朗朗上口四十餘首唐詩童謠，較之同年齡正常的孩童更要進步。我以女兒為榮，我深信她是個優秀的孩子。

我們不需要活在別人的掌聲和喝采中，但我們要從自愛中培養出一分自信。

如果一個孩子活在鼓勵中，他就學會自信。

如果一個孩子活在讚許中，他就學會喜愛自己。

如果一個孩子活在被人接納的關愛中，他就學會在這個世界裡去尋求愛並對他人也付出愛。

所有的孩子，傷殘的、頑劣的，都是母親不悔的愛。尤其是不健全的孩子，更需要家人給她包容、愛、關懷與肯定，讓他有更大的勇氣去面對生命，也需要社會國家提供充裕的資源，讓他們在回歸主流的路上，不是任其生滅，而是更有尊嚴地挺直腰身得到別人的尊重與接納。有些生命中的災劫永遠無法成為陳跡，但我不讓孩子為生命的不完美而遺憾，所遺憾的是不能超越不完美。盼望女兒的身體雖殘而不障，心靈雖缺而不陷。我真的相信——有瑕的玉總比無瑕的玻璃好。她在我的心中，微瑕卻不能掩瑜。

* * *

木棉樹梢新抽的葉翠綠欲滴，不知何時又將取代似火焰橙紅的花，點燃夏的光亮。春風早已吹面不寒，夏的綠意蠢蠢欲動。如果說，木棉樹的紅花有渲染天地的氣勢，那麼綠葉便有一種直入人心的力量。而那半殘的枝幹，卻以一襲完美的殘缺示人。無悔的人生是有的，無憾，我想沒有，尤其是一顆執著深情的心豈能無憾，只是那憾不輕易示人。是這一些夢想，這一點情愛，一點牽掛，構築了不算小的生命空間。沒有牽掛，人生不免空虛，而填補空虛的正是牽掛。對生命的愛——這份古老的感情，卻催開天地之間常青的樹，不敗的花。

包羅萬象的大自然到處都給人提示，我與那株半殘的木棉樹竟有著感知的和弦，延展出生命與生命間相互擁抱，在交會時互放了光與熱，愛與信念。有一些言語，無須華美的詞藻與多變的聲調妝點，只經過心的感應與傾聽，就呈現質樸淳厚的情味。木棉樹的綠葉已悄然地在我的心間融成一片生意盎然的綠洲了。

我許諾給女兒的是花朵與甜夢，照拂與眷顧，只要我活著一天，什麼時候她需要，我一定陪在她身旁。

——本文獲得九十年度教育部文藝創作獎散文組佳作，收入九十年度《教育部文藝創作　得獎作品集》

用相冊記錄愛

行年三十餘載，那些譬如朝露的點滴記憶，總是悄然無聲地掠過生命的軌轍，每當我思及過往，就忍不住重掀那厚沈的相冊，透過影像的逆溯，往往能帶我返回那相片所表徵的年代與青春故事，而生命情懷的樂章，也彷若青煙浮昇，縷縷觸動心弦，自然而然地流瀉出昔往的故事來。

沒有一樣東西比起相冊更真實、具體而又可以觸摸。

也沒有一樣東西像相冊一樣凝成一面澄亮的鏡子，裡面有我過往的容顏、片羽微光。

更沒有一樣東西像相冊，可以讓青春「永恆」，讓「長在」不是夢，讓良辰美景定格留住，讓記憶永遠地濃綠、長久地鮮活。

在人的記憶裡，總會有那麼一段深刻的時空，令你魂牽夢縈，也記錄著成長的痕跡，而相冊便成為我漫漫生命長河的記錄。打從我出生至今，母親為我的成長過程所拍的相片不計其數，每一個階段，每一人生的環節，都有忠實而精彩的記錄。當我翻閱著它們，總不免溫馨滿懷，含情凝睇，眼光裡噙感念的淚光，那一頁頁的、彷彿溫瀅的潮水，一波波漫溢過我心中寂靜孤寂的淺灘，讓我體會到了母親對子女的愛。為了不讓我們的生命有遺憾，為了讓我們得以照見身後的昨日，也為了讓我們對過往有所依憑，她細心地為我們四個孩子用相冊記錄了生命的彩繪。就這樣，閱讀相冊成為我們閒暇時的活動，也成了生活中不可或缺的一部分。每當我翻閱相冊時，除了感受到生命的博大與深遠，也油然而生一股驕傲，世上幾人能如我，從呱呱落地的那一刻起的第一張照片開始，便擁有每一張張生命年輪的記錄？

看著自己剛出生時闔眼抿唇、嗷嗷待哺的柔弱；看著自己童年時代的純稚可愛、不識愁滋味的天真；看著少年時的青春浪漫、為賦新詞強說愁的輕狂；也看著自己成年後歷練諸事後在盡識愁滋味的風霜。

褪色的舊照片，框著一段流失的歲月，翩然遠逝之餘，也喚醒了沉睡了已久的回憶。童年那個活蹦亂跳的小女孩是我。童年是每個成年人回不去的伊甸園，有說不完的故事，懷念不完的人物，以及剪不斷的鄉愁。就讓一張張的老照片來撫慰這顆疲憊乾涸的心，叫時空暫時停止在那永恆的回憶，讓童年沃野重新滋潤、補充能量，再次回到現實世時，又是一個嶄新的人。

看著大學四年的點滴，那一段輕舞飛揚的日子，是浸潤在汗水中的青春記事，是驕傲在自我超越的流金歲月。當我從照片上看到自己在社團生活的投入、與室友們慶生的熱鬧、系上烤肉露營的微笑歡會、畢業典禮上的矜重端莊……，似乎生命就該浪擲在美好的事物上，得意須盡歡，華年要淋漓揮灑——我永遠記住那一刻，就始終停格在閃耀的二十年華。但留存的照片多半是合照，少有獨照。記憶中的自己，是個排斥獨照的人，至少比起同學們拍照時喜歡擺動作與姿態的盡情展現而言，我便顯得羞赧與閉塞，不知道是為了什麼緣故，當大夥拚命搶著顯著的位置時，我不是萬般推辭，就是躲得遠遠地或將自己安置於最不顯明的位置。雖不習於獨照，欲喜歡合照，是喜歡那份熱鬧的氣氛，人多雖會分散焦點，卻也相對讓人有安全感。

當我逐漸離開年少與年輕，但並未離開對人間的執著與激動。翻閱著相冊，看著自己在加冕典禮上，榮耀歸之於我，而我的眼中盡是欣喜與感激；在結婚的宴席上，待嫁的女兒心盡是對天長地久的憧憬；初為人母時擁抱著女兒的慈愛盡是有女萬事足的喜悅，過年時全家福的拍照留念記錄的是闔家歡樂的圓滿。於是，每一回的笑語聲喧、志得意滿，均躍然於一張張雪白的銅卡紙上，而後收集成冊，讓我得以藉此檢視一路簍簍行色的日子。

如果說每一張照片都是一個不曾褪色的人生造型、生活翦影，那麼一本本的相冊就是一部生命演化的歷史，從稚嫩到成熟，從鮮豔到枯萎，從年輕到蒼老，循序漸進，不曾例外。

閱讀相冊彷彿也在端詳歲月，能帶給我們對人生完整且深廣的思緒，培養我們將人生視為一個整體來看待，自然生命就不再是斷簡殘篇。閱讀相冊彷彿登上一輛時光公車，一幕幕的窗景，隨著歲月的流逝，便多少往事成為煙雲，多少容顏模糊遠去，而相冊卻忠實地記住著那一切。當我打開相冊，儘管那一些曾經熟悉的面孔一個個離我而去，但是我從相冊中記住他們與我在人世的塵網中的緣會。

從照片中，我閱歷著每一個曾經在我生命中駐足過的人，不論他留給我的是痛苦還是歡笑，我都懷念他們。因為，一個人生命的完成，需要感念許多人，沒有他們，我的人生道路將踽踽獨行，何其淒涼，是這些人提供了我生命的許多姿彩。惟一能證明我與他們曾在茫茫的人海中相遇，我與這個世界密不可分的，就是相冊，也只能是相冊，才能做出如此敏感而忠實的記錄。相冊，讓往事在記憶裡停格，讓流逝的一切都在相冊裡妥善保存，讓生命得以停留在一瞬間而鐫刻成永恆。每閱讀一次照片上的微笑就多一份感動與美麗。以回望的心情閱讀相片，就能懂得一種柔情的眷顧是不捨，一種沈重的歎息是依戀，一份瀰天的纏繞是執著，一個慎重的許諾是甜蜜，那麼，我們或許有勇氣面對一些現實中的挫傷與破滅。只要擁有相冊，便足以超越那一些的孤苦。

我不禁要感謝那相機的發明者，感光膠卷的創造者，當然也感激歲月的變化萬千，看看歲月在自己的外表與心靈之上留下的轍痕，誰能不感歎！大詩人杜甫用詩記錄了生命活動的歷程，但那不過是落於言詮筆釋，但是照片卻敏感而忠實地讓影像自己去表現、自己去訴說那數不盡的前塵往事，一切都在「得意而忘言」中得到共鳴而感知了。

母親細心地為家人在每一個節慶拍照留念，諸如外公、外婆的金婚、鑽石婚的紀念日，幾乎所有的親友都到場合照歡聚的熱鬧場面，令人難忘。在外公與外婆都過逝之後，這些照片便是彌足珍貴的回憶了。而我從父母的結婚照，也印證了我心中的想像——他們曾是俊男美女（當然現在也是）。看著歲月的鏤痕鐫刻在父母臉上的痕跡，不禁地讓我感念父母為子女操勞的辛苦。而我也從自己幼年時吹蠟燭、切蛋糕的場面，看到自己從天真無邪到如今的「堅苦卓絕」，照相機是這麼敏銳的玩意兒，十足的寫實。

如今秉持著母親的習慣，一如傳承著母親對我們的愛，我也用相冊記錄著自己對女兒的愛，猶如母親為我們所做的。三歲的她，已經擁有五本大相冊。任何節慶，不論是大事鋪張或簡單慶祝，我們都以拍照紀實，將來女兒長大時翻閱這些相冊，必然會與我心有同感。這些珍貴的影像讓我們生命中的每一個履痕，都溶入了時間的長河之中，使我們的生活煥發璀璨與光華。我們用相冊構築了自己的人生背景，還有自己的容顏與深情。當相冊沈澱出所有的記憶，我們才發現，不論你在人生道上遇到什麼挫折或失落，其實幸福一直都在。

用相冊記錄愛，在翻閱舊照的時候，沒有絢爛刺激的熱情和極盡奢華的享受，我所求的只是一份情感的回歸，留住一些情誼、一些笑語與歌聲、一些回憶與履痕。我知道，萬事萬物總有消亡的一刻，相冊不將不逆、毫無隱藏的以圖象來示人，一如「曲終人不見，江山數峰青」的詩境，緩緩地湧上心來。

——本文原刊於民國八十九年三月六日《台灣生報副刊》

只有清香似舊時

不知從何時開始，家裡可利用的剩餘空間逐漸逼狹，一屋的整齊總難以維持。客廳的走道，一輛三輪車堂而皇之地擋在中央，我們得繞道而行。冰箱上用磁鐵貼滿了女兒塗鴉的成品和照片，茶几上橫陳著超大的彩色筆盒和攤開的圖畫書，我們的茶杯必須小心異異地端在手中以免潑倒。沙發散落著積木的玩具組合，彈珠被塞在沙發縫隙，打開抽屜赫然出現玩過的已發霉的成團黏土。梳妝台上，她的玩偶群相取代了我的瓶瓶罐罐；衣櫥裡，她的衣服一件件地逼我往角落裡擠靠，女兒的東西愈來愈多，無聲無息地侵入了我和外子的個人領域。一直到她的故事書，多到必須以兩座書櫃來涵納時，我終於面臨了有生以來生存空間的最大威脅，因為空間有限的書房已不能增加書櫥，是該做個了斷的時候了，一些舊物必須被決絕地丟棄。

與女兒商量，請她將一些損毀的、或已失去新鮮感的玩具整理出來，送給別人或資源回收。卻被女兒「義正詞嚴」地拒絕了——「我才捨不得呢，它們陪伴我長大，對我很重要！」這理由可是讓我全無反駁的餘地。求人難，看來只能反求諸己，我只好從自己的一些舊事物中做一番取捨。

我檢視這些舊時物，有中學、大學時代曾經陪伴我走過青春歲月的教科書和散文集，有我為撰寫學位論文辛苦收集而來的相關資料，有被登載文章的剪本，還有年輕時的舊衣，以及多年來積累在資料夾裡，塞了近百封的卡片、信件、婚宴的謝卡，涓滴都是回憶的印記。捨不得丟棄，總想，也許有一天，心血來潮時，會再度複習它們。人和物之間，原來是各自獨立，本無牽連，但往往由於因緣際遇，以及心中的一點情意，投射進去，遂變成欲罷不能的執著。其實這種心情一直不斷發生在我們的生活裡，一條老街，一幢老房子，久不見面的朋友，都有細數不盡的歷史。保存與收集，是生活中微小的意趣和幸福，談不上什麼品味，卻是自己忠實的信仰。

檢視舊物的同時，這才發現我總是有無可填滿的物欲，看到一件中意的物品，當下沒有買下，一顆心便鎮日無處安放。衣服不是因為穿久了變成舊衣服，而是因為又買了新衣服，五花八門的衣服總是買不夠，換了床單又想換桌巾。喜歡逛書店，書買了一堆，卻總是抽不出時間來看。看到廣告大減價時，就以貪小便宜的心態買進大堆物品，以為是賺到了，及至它們派不上用場，才知道是損失。廣告似乎就有那種魅力，教人把沒有用的東西全都搬回家來。購買的新鮮感一旦擦身而過，買來的東西就淪為被暗塵埋鎖的命運了。永遠也用不著的知名或不知名的物品，正在侵蝕著我們有限的生活空間。

每當面臨著日益堆積漸多的雜物時，我才能真正地告訴自己：「我們想要的很多，可是真正需要的卻很少。」反躬自省，今後能不能善加利用僅存的東西過日子？能不能在每次添購新東西時都能三思？要知足常樂，別老是搬東西進來增加自己的負擔。

＊＊＊

對著一櫥子擁擠的衣物，不免欲振乏力。短短的幾年內，衣服滿溢出一櫃，原本就稍嫌狹窄的房間，因各式雜物的充斥，更顯得擁擠。起初在收拾整理的過程中，心中仍有不捨，總是想：這衣服雖然過時了，但會不會何時又吹起復古風？總想留下不適合現在體型的衣服，等待身材更趨窈窕時穿著，可是，要留到什麼時候才用得著呢？舊衣的存在是一種負擔，無限期地佔據衣櫃。棄之可惜，穿之無味，經年累月，白衣變黃，新款變舊，潮溼發霉。儘管如此，要丟棄這些當時花下不少金額買下的舊衣服，是件艱難的事。

事實上，除了惜物之外，內心充塞更多的恐怕是不捨對當時水樣年華的追戀吧。對我而言，存在這個空間裡的所有衣物，背後所蘊含的美好記憶，遠大於其實質意義。曾經，一襲襲華服相伴走過多麼美好的歲月！泛黃的汗漬也好，滲透的霉味也好，它們隔開了時間，卻拉近了心中的距離。但面對日益擠迫的活動空間，我不得不面臨取捨的難題。

坐在地上清理衣物，竟有著「閒尋舊蹤跡」的心情。這個「尋」，不是在雜亂的環境中找尋急需的物品，而是帶著感情慢慢地回憶過往的點滴。成長的歲月，不算短的日子，我是地攤市場的擁護者，有限的經濟能力與儉樸的性格，使我在逛地攤的時候總是興高采烈。當朋友懷疑地問：「這套衣服真有這麼便宜嗎？那可真是物美價廉呢！」我便高興極了。服飾，是可以展現了人的偏好與典型。雖偶有著物慾的誘惑，但我既不迷戀流行，也不趕搭新潮。重視適合自己的氣質與風格，珍惜獨特性，而非價錢，更非流行。

其實，一直是一個不善於裝飾自己的人，大學時代，當同年齡的同學已薄施脂粉，輕抹口紅，以一席曼妙的洋裝長裙，配以婀娜多姿的高跟鞋時，我仍是那一式的方格襯衫、牛仔褲、球鞋的輕簡裝扮。直到大三那年，母親買了一件棕色長裙給我，我第一次穿著它出現在同學面前，引來一片驚呼聲，平日和我像兄弟的男同學開起玩笑說：「這個有氣質的淑女是誰，我都快認不出來了！」在扭怩不自在中，帶有一絲被讚美的快樂，竟然發現原來自己也適合穿裙子。就是這一件裙子，成了我大學時代最正式的服裝，在與電機系學友的家族聚會上，在畢業典禮上，在謝師宴上，我都以它來配合聚會場合應有的端莊與典重。而今這件裙子隨著多次的穿著漂洗，已嚴重褪色且失去彈性，早已不宜再穿著。把棕色舊裙抱在胸前，驀然有一股割捨的痛楚。十多年前的似水年華啊！然而留住一襲舊衣也留不住昨日的青春！

身為五年級中段班生，我成長於尊重記憶、習於反芻過去的時代，卻經歷著一個勇於改變與遺忘的時代，許多事情，我們還來不及端詳回味，卻已掃入時間的灰燼裡。是誰說「衣不如新」啊？那些穿過的衣服，使得在生命中流逝過的那些日子，不再只是頭上停落一時的蝴蝶，而是一輩子的緬懷、撫慰和挽留。當歲月流轉，我們對某些事物的感覺消失速度慢過了事物本身變遷的速度時，我們就會覺得感傷。舊衣捧在懷裡，我似乎可以聞到時間的霉味，可以聽見鐘擺在響。

我花了一整天的時間整理三包衣物，也檢視著自己一路箋箋行色的日子，心中滿是悲喜交集。曾經是青春年少，穿著俏麗的衣服，擁抱著一些瑰麗的夢想，而今已添了年歲，有著或多或少，不能言說的滄桑。這樣的衣服、款式和形貌，於我已不適宜。我告訴自己，能丟的儘量丟吧，眷戀舊衣曾有的風采，並無助於新衣韻味的展現。反正已不再穿著，何必留它徒增困擾呢。如果不清理一點空間出來，如何容納更多更新、或是屬於當下的東西？不能因為捨不得丟棄就把自己淹沒在過去的種種裡，既無法全心投入於現在，又教往事來干擾現在的心境，何苦來哉？

零零碎碎的物品，表面上看是連同背景回憶一起被保存了起來，事實上卻是一種浪費，浪費真實生活的空間，並且佔據記憶的容量，讓自己老是受到羈絆，沒有足夠的範圍來關照當下的事務。捨掉那些屬於回憶中的執著物品，得到生活裡更寬闊的空間。認清人生在世與許多事物不過是情緣一場，花開花落不由己，緣起緣滅自有時。使用當時用心享受，需要割捨遺棄時也不要遺憾難過。

收拾舊衣，當舊衣被包綑起來以後，便是另一次新生了。恰逢學校舉辦捐助啟智中心的義賣活動，我便將一些看來仍然新穎但也許不適合再穿的衣服交給系上去拍賣，系上助理要我在捐出的每件衣物上都標上價碼，為了讓舊衣有所銷路，我以極低廉的價碼一件件標示。被拍賣的舊衣廉價，但誰來丈量它在我記憶中的無價？沒有什麼能取代的舊衣，每一件舊衣裡都有故事、色彩、情感和永遠無法追回的往日。

義賣的結果，我捐出的舊衣，銷售一空。我高興於有人願意在我的舊衣中翻尋適合自己的衣服，在檢尋中讓舊衣活出新生命。那些承載他人的過往、片段的記憶，有人願意把它慎重拾起、保存，使它們再度成為有用的東西，我的捐捨，一旦成就一份回收的情味，便由感傷而進入感動甚且瑰麗起來。

沒有了不捨，家裡可以更潔淨，人生過得更舒坦。

＊＊＊

除了舊衣的負載之後，我一直有收藏帶有紀念性質的舊物的習慣，那怕是一張泛黃到近於破損的信紙，或許年代久遠，斷簡殘篇，但在光陰的落款中，在回憶之手的撫拭下，恆為生命穿梭時空阻隔的屏障，重回心境年輕的時候。無論搬了幾次家，我一直保存著它們，似乎保有它們就可以留住青春與記憶。

打開經年未動的盒子，發現幾張折疊整齊、黃不隆冬的粗紙，打開一看，原來是小學時代的成績單和獎狀，這些東西的出現，使我的心裡五味雜陳，它好像我曾經遊戲的操場，我已離開多時，無意中再次經過，彷彿看見母校的操場上自己玩過的鞦韆仍在輕輕飄盪。十二張紙彷彿給了我十二顆心，每顆心都滿溢著激動，我確信，世上絕少有人如此幸運，歷經多少年人世的變動、遷徙，還能看見自己小學時代的成績單。在斑駁、殘存的字跡中，仍有童年的陽光、綠意、風聲、蟬鳴、笑語。

除了成績單外，尚有一張張的信件，涓滴都是晶瑩剔透的祝福。沒有它們，我幾乎要淡忘有幾位朋友曾與我魚雁往返了一段時間。從信的內容看來，我們之間曾發生過誤解、磨擦，而後寬容、原諒。無論如何，我都不能否認友情對我的生命具有永遠的意義。我的朋友雖不多，卻多半是心靈上的朋友，信的內容談的都是深刻的情感或人生問題。在個人的直觀裡，回信是一件大事，馬虎不得。在寫信的經營上，我都是花上數倍的時間與心力，方能竟其功。我深信我的真心，至少可像冬日的暖陽般拂拭過接信人的心頭。

寫信、寄信、收信，其中的殷殷情意及引頸期盼，曾經給許多人帶來甜蜜的回憶。但今天的時空環境與科技發展已經完全不同了。在步入前中年之際，我生活的時代也已進入一個虛擬的時代。生活的許多內容，包括閱讀、購物、甚至是愛情，慢慢都轉移到虛擬的網路上發生與進行。要聯絡，手機一按就通，伊媚兒也很方便，要不就乾脆在即時通或ＭＳＮ上哈啦。尤其現在的年輕人，嘴巴可以哇啦哇啦一整晚都不累，但要寫出一千字的文章卻千難萬難。其實，選擇哪種通訊工具並不重要，能傳遞多少真心才是關鍵。我相信，這樣一筆一劃、一字一句地寫信，永遠有其存在的價值和保存的空間。以文字表達的寫信，恰恰可在獨處而靜謐中精確表白，誠摯傾吐。現代人伊媚兒傳來傳去，灌進來的大部分是垃圾信，轉寄的笑話圖片一籮筐，真正來自朋友的隻字片語卻愈來愈少。在這個瞬息千里的科技新時代，通訊如此方便，無論置身世界上的任何角落，幾乎一通電話就能手到擒來。這是新的時代潮流，新的生活方式，我們不再寫信，通訊錄裡有那麼多名字，接觸通訊那麼方便，但人與人之間的情誼，似乎反而淡薄疏離，不再珍稀難得了，我們心靈卻依舊那麼孤寂。

為特定的一個朋友執筆寫信，封緘寄信，竟成了一種沒落而古典的過去式行徑？手寫的信，已像千古的神話一樣，越來越不合時宜。在這個人情快速淡薄的時代，我要到那裡去尋找像土壤、陽光和空氣一樣永久的神話呢？

物換星移，本是世事之常。一種美好經驗的消逝，的確讓人感慨。由是之故，自從電腦普及，網路風行，我也開始用電腦打字，一筆一字的寫信被視為不切實際、不符經濟效益之事。當科技文明發展到某種極限時，帶給人們的，不一定是快速、便捷，而會成為一項負擔、一種壓力。我們的生活多了好多新奇便捷的事物，卻也讓許多原始的美好日漸流失。

留著這些信件，讓我心存感謝，感謝在我易感的年少時代，能夠經歷一個比較單純的世界，擁有許多純摯且質樸的熱情，不必完全被新世代虛實難辨的交游方式所完全籠罩或改造，我堅信人世間總有一些東西是不可以被簡單化和功利化。

在梳妝台抽屜深處有一個名片盒，裡面裝著許多朋友親戚的結婚謝卡，張張是俊男美女，喜上眉梢，甚至出現輕鬆滑稽的姿勢，像極了喜劇即將上演的預告片。每翻閱一張謝卡，就如同見到一位朋友在喜氣洋洋中向我走來，拉著我的手，邀請我共享他們的喜悅。一張謝卡總包含著一則愛情故事，我在這一張張謝卡中，細讀這位熟悉的親友既往的一段人生，一番情愛中的體驗，照見他們從風風雨雨、分分合合中間，經過迷惘、惶惑、追求與苦心，而後終於風平浪靜、雨過天青，而後終於成為新郎或新娘。然而世事多變，其中亦有朋友因與另一半情感不睦而告仳離。亦有夫亡妻死而今孤身一人。而多年來不曾聯絡的友人，不知他們的婚姻是否依然幸福而圓滿？留著這些謝卡，如同保存我對他們的掛念。

＊＊＊

在現實生活裡，新與舊之間的選擇與取捨，有時好讓人為難，但人性的慣常趨向是新鮮事物的價值總居於優勢地位，喜新厭舊的根性，並不容易輕易詆毀，畢竟新之為用，是建立在舊物原來功用的基點上做延伸，而新鮮事物的刺激與美妙有著舊事物所沒有的開創性價值。然而舊時物的價值又在那裡？為何我們總捨不得丟棄這些舊物呢？也許就在其中所蘊含無可取代的記憶，讓我們在把玩操弄之間，得以重溫那無可取代的心情。

在一切以日新月異為時尚的潮流中，人們總說「舊的不去，新的不來」。然而，最珍貴的感情，往往是屬於過去式，古人念一飯不忘恩，人們永不忘懷初戀情人，不單是緣分的本身令人難忘，而且是當時的際遇具有感情的永恆性。當這些至今仍留在記憶深層的過往時光已不復存在，此身又在何處？千年前，李商隱的〈燕臺〉詩早已有類似的體悟：「歌脣一世銜雨看，可惜馨香手中故」，無論多麼珍惜的情感與事物，終必失去，連最後的馨香也消失無蹤。

我擔心，在科技過度發展下，會不會有一天，人的感情也會被什麼新事物所取代？

年歲漸增，人世歷練越多，易感的心靈漸次沈寂，對新事物已不再輕易地感動，但是舊的情懷卻歷久而固。在心中常烙著一個名字、牽繫一個影像，守著回憶，記著感激，這是感情的世界裡永不凋謝的花朵。

情在物在，物之所以可貴，乃因為人心中的情相印以生輝。當然，我們即使此刻有所選擇也不一定選擇回到從前，但我們不能不承認，周圍的東西用完就丟，也順手丟掉了許多感情的憑藉。留住它們，在人世的塵網一路行來，我們的感情不會一貧如洗，總有一些美好被固執地留下來。對於這些相伴多年的物品，在新舊轉換的衝突與激盪之中，唯一可紓解懷舊情結的，應是固執這種認知：它們已貫徹自己的歷史責任。

面對一屋子的雜物，我仍然奢侈地夢想著窗明几淨的居家空間。看到我孩子坐在堆滿書本、玩具、餅乾盒的地板上玩，我當然會要求他們把房間收拾乾淨，但我心知肚明，他們不過和我一樣，從小學會了在垃圾堆裡討生活的本領罷了。

闔上箱子，彷彿將記憶的倉庫，再度塵封於陽光的映照下，無悲無喜，一如陸游的詩：「人間萬事消磨盡，只有清香似舊時」。

——本文寫於民國九十年十月

站在送舊與迎新的交界點上

年歲漸長之後，過年的氣氛與興味便一年淡似一年。

記得小時候，每當年歲逼近時，大掃除是過年前必做的功課。母親和我們捲起衣袖，裡裡外外的刷飾打理，平時陳舊的家，頓時明亮起來，以嶄新的姿態迎接即將到來的年歲。母親採辦應買的年貨，在廚房忙進忙出的，為著年夜飯張羅烹煮的情景令我難忘，我總不能忘情由母親親手裹著雞蛋麵粉所煎出的年糕熱騰騰的美味，在我心中還不曾有人的手藝能出其上。到了除夕夜，是全家圍爐吃團圓飯的時候，雞、鴨、魚、肉、長年菜、海鮮，團圓的氣氛隨著鍋上不斷冒出的氤氳水氣而益發濃烈。領壓歲錢，可以說是童年歲月過新年的重頭戲。吃過年夜飯後，父親便將早已準備好的紅包，一一發給我們。至今我仍能清晰憶起我們掏出壓歲錢時，掌中溢滿那股新鈔的特有氣息，那是一種過年的味道。每當聞到簇新紙鈔的味道，我便要聯想起過年的種種情景，彷彿又回到了新年守歲、領壓歲錢的那段孩提的時光。

童年時光，因為有了過年的節慶的點綴，豐富鮮活了不少，留下許許多多日後供我細細咀嚼的甜蜜回憶。如今跨過而立之年，在通往不惑之年的人生旅途踱步，尤其是在結婚生子後，做女兒的只能在初二回娘家，在婆家三十多人齊聚的大家族的歡樂聲中，我只能用想念的心情回憶著童年過節的記憶，也惦記著娘家父母與小弟三人過年的情境。如今過年的興味淡了，早已失去童稚時期待、雀躍的心情，不過，每當新的年歲逼近，昔日歡欣熱鬧的景象便會再次浮上眼前，從記憶深處鮮明的跳脫出來。

過年的心情雖是弱了，但是關乎年歲的記憶，卻是常存心中，從不曾遠離。我相信這樣的記憶和感受，將會一代一代溫暖地傳遞下去。

對於新年，中國有一古老的傳說：有一頭年獸，經常下山侵犯人類，人們不堪其擾，便設計誘捕年獸，經過一番搏鬥之後終將其殺死。為了慶祝此事，人們便燃放鞭炮，並互道恭囍，重獲新生。從這樣的傳說可以看出新年其實隱含著兩層意義，一是除生命之舊，二是迎接新生。在我們忙著為又添了一歲的房子刷前抹後，重新打扮一番，以示除舊佈新之時，是否也該為自己的心靈做一番除舊佈新的工作？在我們忙著辦年貨、逛街、血拼、旅行，洋溢著一派歡樂新年的氣象時，似乎逐漸淡忘了迎新必先除舊，也就是告別腐朽的舊生命，重新一個清新的開始。

新年，新的氣象、新的期待、新的夢想，是在光陰輪胥流逝的冷酷中賦予的。新年帶來新的希望與夢想，同樣也帶來舊的希望與夢想的破滅。

生命總是如此，新事物取代記憶，舊物件重新演繹新生命，送舊與迎新，共存於一線之間，這或許是亙古以來人類共有的無奈。新年與舊歲，各有其詮釋的空間，「人事有代謝，往來成古今」，一個新的年頭開始意味一個舊的年歲的結束，在新中懷舊，在舊中創新，哀愁與喜悅同在，回顧與憧憬並存，失落與獲得俱有。新，就在我們向舊的揮別中輪迭而出，告別的何止是失去的青春、記憶和褪色的情調？還有那命中注定，必須迎上前去面對的等待再生的夢想和希望。

在送舊與迎新的交界點上，我總是百感交集。

我積極而歡愉地期待過年，就像喜歡黑夜過去後，晨曦的新生到來，總覺得這樣的交界，是可以結束一些事物，再開始一些事物；可以停止一些混亂，再開始一些計畫。在看不到的未來裡，總給人未知的期待與盲目的快樂。我永遠不知道明天將會發生什麼動人的故事，將會遇到些什麼人，完成什麼夢想，什麼片段又將成為我人生中永遠深藏的美好，什麼樣的心痛又將會從此改變我的人生，不論喜怒哀愁、貪嗔癡怨，一個新的生活型態，即將加入自己的生命了。

我也消極而被動地迎接新年。如果「迎新」意謂「送舊」，我必須在舊年結束之際整頓自己的心靈，調整自己的腳步，在心中也做著除舊佈新、刮垢磨光的工作。然而，總是在新舊年歲轉換之際，忍不住回過頭探看身後的昨日，昨日行為的殘餘已成為記憶中的檔案。在我大掃除丟東西的時候，順手也丟掉了許多感情的憑藉。總是無奈吧，在我們每個人生的階段總是要告別一些人事，然後迎接新的人事。只是在很多清冷的深夜，我會允許自己真實而脆弱，靜靜在燈下溫柔地開啟一些記憶中永恆的檔案。

過年，或許是重新檢討自己人生途徑的好時機。很多不愜於心的、不如意的事，可以藉這個機會，重新來過。失敗過的，可以重新站起來，拍拍塵土。總之，卸下心裡的負擔，只要從頭開始。讓自己重新把握另一個即將開始的新故事。

在送舊之際，我也感恩這一年來，曾經指導過和幫助過我的人，讓我的智慧增長，使我諸事如意。

感恩這一年來，曾經傷害我們的人，讓我們淬勵出生活的智慧。

感恩這一年來，曾經被我無心傷害的人，讓我得到他默默的包容與原諒。

在迎新之前，學習寬恕與包容，一切怨懟怨恨，都趁此機會，一併清洗勾消。如果心中仍有怨恨，放不過的，不是對方，而是自己。

懂得慈悲與捨得，無怨無悔，歡喜發願與付出，服務更多的人們。人生的許多溫暖，正因為有無數不計得失的付出，在我們領受的同時，也要懂得回饋。

珍惜身邊的每一分感情，惟有真情才能永恆。在生命中若不執著於一種緣分，又怎麼去發現生命中的真、善、美？只要帶著珍重愛惜的心情，與人群深情相遇，也就有了互放的光亮。

告別了二〇〇〇年另一個成長的年代，迎接下一個新的年歲。過年，彷彿在長溝歲月之流上走過一座橋，向著留在對岸的去年揮手，雖不勝依依，卻不得不掉頭而去。跨入新的年歲，過年是一種生命年輪的標示，一種生命現象某種程度的形成，一種人生新階段的航程的開始。

因為有對未知的期待，所以喜悅，又因為有如此的出發，準備艱辛跋涉，難免有幾分徬徨。三十五歲，青春不再，光芒褪盡，雄心不有，在悲歡歲月中，有許多我們即使想看破卻不能看破的，但是我仍舊可以掌握當下，活得喜樂，我有自己的價值以及使命，讓煩惱、挫折、沮喪，一切歸零；喜悅、信心、希望，在心中滋生，重新出發。

惟願沿途是麗日晴空，繁花似錦，這便成為我對過年由衷的嚮往與祈願。

——本文原刊於九十一年二月九日《聯合報・繽紛版》

寵愛自己

女兒放學回家後，說她想吃熱狗麵包，是在香鬆的麵包皮裡裹著熱狗切片的那一種。為她遞上剛出爐蒸騰的熱狗麵包，她立刻動手了。女兒吃熱狗麵包的方式是先把麵包皮剝掉，再慢慢品嚐熱狗的滋味。每當她這樣做時，我總會責備她蹧蹋食物。看著被剝剩的「殘軀」，少了熱狗的搭配，這麵包皮是食之無味，卻又棄之可惜，便無奈地把女兒剝掉的麵包皮拾來吃。

女兒也喜歡喝酥皮濃湯，但顯然只對貼伏在湯杯上層那蓬鬆飽滿的起酥皮有興趣而已，待被湯匙擠壓而滑入濃湯中的酥皮吃完，剩下的濃湯便被棄置在一旁了，也因此又招來我「暴殄天物」的責備。那些剩餘的濃湯又被崇尚節儉的我勉強地吞進了肚裡。揀著女兒吃剩的食物下肚，完全不能品嚐到食物的美味，有著只是如廚餘回收桶般自擬的無奈況味，還有擔憂那日益肥胖的身形。

女兒總不能將買來的食物完整地吃完，我老要為她收拾殘局。「你丟我拾」的惡性循環次數多了，我不免想嚴格要求她。但她似乎是頗能在品味這些食物的過程中，發掘出屬於自己偏好與擇取的樂趣。當有一次她又如是做時，被我處罰，年紀小小的她，竟然冠冕堂皇地回答我一句：「整個一起吃完就沒辦法感覺到吃的快樂嘛！我是在享受快樂！」

「享受快樂」這四個字從一個小人兒之口而出，我楞住了。剎那間，我心中浮現了許多問號——人生的快樂從何而來？「享受」的定義又是什麼？而「浪費」的定義又是什麼？

在我視為「浪費」的行徑，竟然可以為女兒換來精神上的快樂與滿足。從講究實際、經濟效益的層次來看，花了錢吃不完是一種浪費，然而在物質破滅定律的背後卻蘊藏著我看不到精神層次和心靈層次的那一種滿足。想來女兒似乎比我還懂得品味人生。她能為自己的人生做主。小小的縱欲和任性，卻帶給她一種簡單的幸福。

我想「浪費」和「豐富」有時候很難拿捏。偶爾的浪費，卻豐富了自己的心靈。而我因為不想浪費，吞下了許多被棄置的食物，反而形成心理的負擔。

＊　＊　＊

「物盡其用」是我的信條，我是那種即使浪費一點小錢都會不甘心的人。

老公與我前後回到家，竟然不約而同地買了同一分報紙，我說浪費十五元，他說：「沒關係，才十五元」，我不願罷休，願意為了這十五元而跑一趟超商換購其他的報紙。超商收銀員說要核對發票才可讓我兌換，忘了帶發票，只好折回家裡，匆匆在桌上散放的發票中取了我認定的其中一張再度來到超商。不料卻是取錯發票，再度氣喘噓噓地折回家裡。老公說：「算了吧，才十五元」，我說：「若就此放棄，我前面的來回奔波的辛勞豈非浪費白忙！」

就這樣，我為了免於浪費十五元，這一去一回竟是半個小時，節省了十五元，但其中所耗費的時間成本與體力的折損就遠非這區區十五元所能彌補的。老公在一旁暗笑我痴愚的行徑。

節省，究竟為自己帶來金錢上積累的快樂，還是為自己帶來精神上的自苦為極？

＊＊＊

我對自己一直很吝嗇，不敢花太多錢買自己喜歡的東西，捨不得搭飛機出國旅遊。要喝咖啡，自己在家泡一杯，一樣可以色香味俱全，何必一定要去咖啡廳？看電影何必要去電影院，不如等待下片過後電視重播。衣服夠穿就好，簡單的舊衣一樣可以展現自我風格……

我不敢縱容自己大吃大喝大玩樂，不敢隨便造次任意享受，像是小心翼翼地在別人家坐客、過生活的人。

一直認為：現代社會風氣虛矯浮誇，人人崇尚追求名牌，以金錢多寡論價值，人性中那一點貼近樸拙、欣賞簡單的性情越見稀少。我是個不染浮誇的人，所以平常穿在身上是路邊攤、菜市場的買來的。同事問起我身上的衣服那兒買的，真好看時，我就會有一種「物超所值」的快樂，爽快地回答：「便宜的地攤貨，只花了四百元，物美價廉呢」。當這樣的詢問與謙遜的回答成為一種常態，別人漸漸以服飾的價碼來定位我的品味，有一次一位同事心血來潮地對我說：「你太節儉了，總是揀便宜的穿在身上，改天我帶你到一家名牌服飾店去挑選較具質感的衣服，才能穿出你的氣質與品味。」這才發現，別人眼中節儉的我，是個衣著不上道、缺乏品味的人。雖然我並未認為一定要名牌服飾才能襯托一個人的氣質，氣質是來自於內在而非外鑠也，但委屈的是我實在也不缺名牌服飾啊！想到自己有多少上等衣服總捨不得穿，怕弄髒弄壞，就這樣放在衣櫃裡，束諸高閣，年去年來，因為年齡的增長，許多俏麗青春的樣式已不合時宜，它們竟成了佔據空間又派不上用場的「無用」之物，多年來它們發揮的實質效益只是觀賞，愛惜物力與捨不得用的節儉行徑竟然成了道道地地的「浪費」，不免讓崇尚「物盡其用」的我扼腕歎息。

人生苦短，從小我們被教以勵行簡樸的生活，把苦行僧式的折磨自己當做一種美德，每天案牘勞形，夙興夜寐，然而，等到年華老去，猛然回首，才發現你拚命的趕往「目的」，卻錯過了欣賞「沿途的風景」。要我舉出「吃苦耐勞」的經歷我可以說上三天三夜，但關於「享愛快樂」的體驗，卻是乏善可陳。

很多時候，我看不到精神層次、心靈層次的需求。生活最大的盲點，恐怕是我活得太嚴肅，以致於也感到太沉重。

* * *

星期六的下午，帶女兒在百貨公司閒逛，準備為她選購生日禮物，她被一個可愛的芭比娃娃吸引，一直不忍離去，央求我買，我一看價錢並不便宜，便告訴她：「你的芭比娃娃不是已經有三個了，而你又不常玩，再說價錢太貴了，而且玩具玩膩了就失去新鮮感了，不要買了，換個實用一點的彩色筆，好嗎？」女兒只好失望地隨我離去。然而，邊走邊想，女兒生日，應該由她自己選擇決定要什麼，乖巧的女兒其實也很少向我索求物質的滿足，而我怎麼連一個禮物都對她吝嗇呢？決定再折回去，為她買下這個她所中意的芭比娃娃。她說那個娃娃代表媽媽對她的愛，看著她滿足地向我答謝的笑容，我也有一種暖呼呼、甜滋滋的快樂。在孩子過生日時，買一個很特別的禮物，也許那個禮物孩子把玩的機會不多，但這不是一種浪費，在一個小孩的心目中，這代表著是父母對她的愛，可以豐富她的心靈。

賺錢的目的，簡單的說，不就是要改變我們的生活嗎？改善自己的精神生活、別人的生活。如果必須花錢才能讓對方心靈豐富，那麼我們也應該很樂意地拿出這些錢來豐富別人的心靈。

簡樸也好，奢華也好，無論是怎樣的生活方式，終歸只是生活方式，最重要的不正是那生活其間的生命嗎？而人們追求的，不是豐富的心靈是什麼呢？哲人蘇格拉底曾說：「很多人活著就是為了工作賺錢；我也工作賺錢，其目的是使我能生活著。」工作的目的是為了更好的生活，只是工作，沒有享受，人會喪失性靈，忘掉人生的根本。全世界最笨的人，就是只知工作賺錢，卻從沒有好好過生活的人，凡聖之別，昭然可見，想來自己是愚昧的。這些年來，我一直以「有用與無用」來衡量一切，生活成為謀生的渠道。然而，能讓我們終生快樂的，恰恰就是那些我們認為無用的事物。

其實我們都想愛自己的，但又為什麼經常愛得不好、或不對呢？愛自己原來比什麼都需要加以學習，而大部分的人終其一生，竟未曾把這最基礎的人生大事打點清楚。

想起女兒畫圖，當畫筆在潔白的圖畫紙上落下，便自然地向四週隨意蔓延，那份隨意適性，那分從容不迫，顯示了孩子心中有著無意無必、不拘不泥的境界，不下十筆，她就說：「畫完了，我要再拿一張白紙繼續下一幅畫」。以前我總罵她浪費，要她把畫紙填滿才可以再拿下一張白紙。而現在我竟能體悟到自己為何不可以像女兒一般隨性自適地生活呢？如果一張圖畫整個畫面都被五顏六色所佔滿，它那濃麗鮮豔的外表，固然可以抓住觀賞者的眼光，但也由於未在畫面上留下任何空白，而剝奪了觀賞者無限延伸的聯想空間，也產生了凝重和板滯的缺點。

生命，你要把它布置成一座花園，還是囚牢？這些年來，我為了讓自己活得更有成就感而在生活中分秒必爭，捨不得虛擲任何寶貴時光，不願意讓生命留下任何空白，生怕延誤任何稍縱即逝的時機，難道那就是表示我已經成功地掌握了自己的生命了？為了生活的更有保障而天天戰戰兢兢，嚴正以待，結果卻失落了生活的趣味。這種十足的機器人架勢，似乎已讓我失去了「做人」的真正意義和價值了。

愛自己原來比什麼都需要加以學習，追求一種輕鬆的生活方式在某些方面也許會付出沈重的代價，但我願意學習以輕對累，以輕對重，只有自己釋放出這種輕鬆的氣息，才能化解執著所帶來的負累。無論如何，生命中不應該失去享受的幸福感。

有時候，抓住幸福比承擔痛苦更需要勇氣。要學會清風明月般的取捨，或許就從愛自己開始，生活如果能多一些創意，多一點詩意，多一點情意，也多一點隨意，那就不會有彈性疲乏。我開始在適當的時機，給自己一點犒賞，尋找一些生活樂趣。也許保留一天給自己，做自己想做的事，睡個平時略嫌奢侈的覺，也許與二三好友到咖啡廳分享生活點滴，也許買一套書來豐富自己的心靈，也許去選購一套服飾給人以新鮮感，也許一場電影，一幕展覽，一趟輕旅行……。

只有我們熱愛生活，生活才能讓你感受到愛。對我而言，在這個貧瘠晦暗的世界中，因為有了這一點奢侈的浪漫而開始變得豐腴肥沃，有那一點微亮的燭光將整個心底溫熱了起來。

——本文原以〈愛自己的方法〉刊於民國九十二年九月二十八日《聯合報・繽紛版》

陌生的舊識

星期六的下午，一家三口在大賣場採購，享受閒逛的樂趣，推著手推車繞了一陣子，打算到飲食部吃晚餐。周末假日，賣場內人很多，坐在餐桌前等待餐點上桌的空檔，我們習於左看右瞧，觀賞人群也算是一種樂趣。在這兒常常會碰到熟人，果然我很快地發現了正前方不遠處的那一桌一夥人，正是女兒在幼稚園三年的同班同學楊豐駿和他的家人，我馬上告訴女兒這個訊息。女兒也別過頭瞄了一眼，非常肯定那的確就是與她相處了三年的好朋友楊豐駿。這是在生命既定的行程之外，在生活安排計畫之外，在絲毫沒有心理準備的情況下，女兒與故舊相遇，這樣的一個交會點多少引逗起她走向過往的回憶，她藉此告訴我們從前與同學在幼稚園相處的樂事，一件件地話說從前。

楊豐駿是女兒在幼稚園階段很要好的同學，他們畢業已近一年沒有見面了，也許藉此機緣讓他們可以敘舊，老友重逢想必有許多國小新生活的心情要與對方分享吧，我是這樣揣想。

但沒料到近一年的生活暌違，竟使得女兒提不起勇氣與同學打招呼，她說：「我不敢，我怕他不認得我了。」

「怎麼可能，你們也不過是一個學年沒見面，怎麼可能會忘記呢，又不是老人家健忘，如果你都沒有忘記他，他怎麼會忘記你？」我再度鼓勵她做人要大方、要主動問候。

但女兒並不打算與同學寒暄，她認為對方沒看見也就算了，何況也不知要與對方說什麼。但在父母親的鼓勵下，她幾乎被逼上梁山了。爸爸甚至生氣地說：「見到熟人要打招呼，這是禮貌！扭扭捏捏，你這樣實在太不大方了！」

女兒為求心情的緩衝，與我們協商：「那麼先等我們吃完飯，等心情穩定後，我一定去打招呼。反正楊豐駿他們一家人也正在吃飯。」

於是雙方各退一步。等到吃完飯，我們一直在為女兒尋找適當的時機，因為陰錯陽差下這位楊豐駿同學總在女兒踏出步伐準備走向他時，不是跑去上廁所，就是去丟垃圾，要不呢就離開座位去別的攤位買冷飲，或和弟妹追逐遊戲，使得這場老同學的重逢充滿波折，女兒幾度邁開的腳步皆因同學的活蹦亂跳又畏縮回來，但總再度被我們推出去。

這樣來來回回幾遭，女兒終於走到同學的面前，勇敢且認真地說：「楊豐駿，你還認得我是誰嗎？」

身為父母的我們成為最投入的觀眾，正期待一場溫馨又感人的舊友重逢的場面上演。

然而，接下來的情節卻是令我們大感意外，那位同學抬起頭看了女兒一眼，漠然且木然地問道：「請問妳是誰？我應該不認識你吧。」接下來繼續與他的家人玩鬧，他是完完全全把女兒給忘得一乾二淨了，甚至不留一些似曾相似的熟悉印象。

歲月會使人情變得無可奈何，人際關係隨時間流逝而變遷，即使好友相遇或重逢，亦未必驚喜，卻反而是不堪的荒謬與錯愕。

女兒好不容易鼓起的勇氣因像消了氣的皮球，她立刻退回來，不再多作說明或強求對方記起她。我們知道她的心已受傷。

「怎麼會有人如此健忘？」我內心不解地問。究其原因，揣想是上了小學以後，因近視度數加深，女兒的臉上多出一副深度近視的眼鏡。就因這副眼鏡，竟讓同學完全認不出女兒了。我看得出女兒眼中的落寞與心底的失望，如果當時我們順著女兒的本意不強迫她一定要去和對方打招呼，她就不用面對這種自討沒趣的尷尬場面，是父母的推波助瀾，讓女兒憑白承受這樣難堪的人生境遇。為人父母，難免會心疼，但這樣的情境在她未來的人生實在具有普遍性，在我們長長的一生中是不可避免的，讓她提早面對或許也是好的。

《莊子・大宗師篇》裡有云：

泉涸，魚相與處於陸，相呴以濕，相濡以沫，不如相忘於江湖。

人世間也許有兩種讓人一生難忘的情感，一種是相濡以沫，一種是相忘於江湖。人與人的相遇，人與萬事萬物的相知，只是一時的因緣聚合，同船的日子彼此都是那麼親近，人到碼頭船離岸，離心力清清楚楚。一旦下了船，大家揮揮手地散開，而今而後全不放在心上。

不論這個同學是真得認不得女兒還是故意相忘，我們最終要抵達一種「隨緣好去」的放下，才算真切明白人生。

在無常的世間，能與舊日情境中的熟人重逢是一場驚喜，雖然無法再續緣，但至少我們已為鋪設相遇的契機而努力過，總能證明自己仍然保有在天性中念舊的一點真摯，如此，無論置身於怎樣的格局，便能擁有一絲「相忘於江湖」的灑脫吧。

——本文寫於民國九十二十月

輯三

不惑人生

風行水上，之於新竹

從我有記憶以來，每當填寫個人資料表中的「籍貫」一欄，填上的是彰化縣，但彰化溪州鄉實際是父親的故鄉，我對它的記憶卻僅止於童年時偶而回去度假的零星印象。我實實在在是在台北出生、求學，展開了生命中二十多年的黃金歲月。台北才是我認同的故鄉。

一直以「台北人」自居，以「城市之女」自許，我習慣了機能便利、交通發達、快速步調、高效率節奏的台北生活。我喜歡在台北城，看著人群車隊川流不息、高樓大廈遠近交替，華燈明滅閃爍，似乎強調感性與理性的穿梭，閃耀著我所收藏的想像和夢幻，台北極為適合像我這樣追求高效能、追求實際的人生活。當然認為，繁華富麗的台北才是我的家鄉，我也相信生命中再也不會有另一座城市來取代台北在我心中的地位。卻未曾料及，有一天，我會搬離台北，和另一座城市——新竹，結緣，並且透過時間的累積和記憶的地圖，我重新發現了人和土地的關係。

在研究所畢業後，我告別了學生生涯，開始了婚姻生活，隨著夫婿而移居到新竹。在搬離台北、搬離娘家的那一時刻，有一種不捨從心中升起，似乎生命中曾擁有的美好也要跟著消逝。

離開台北，是舊日人生的結束，但也是某種新生活的開始。想到人們總愛說，人生是一種漂流，漂流，漂過時間之流，漂過空間之河。這樣的變化，有一天竟然在無意中在我身上顯現了。在時間之流裡，人總是要歷經年少、青壯年、中老年；在空間之河裡，因為求學、婚嫁、謀職的「能動性」，很少有人能永遠居留在一個地方而永不離開。

初到新竹，只覺得這座城市太過安靜與平凡，與台北的繁華炫麗相比，新竹是灰濛暗淡的。這裡的人們也顯得懶散慢吞，不夠積極；這裡的街道雜沓零碎，有些巷弄僻靜陳舊，仍保有鄉村風貌。這般城鄉交雜、半舊未新，似乎是一個沒有完全現代化的地方。一到晚上九點，很多商家便陸續打烊進入休眠狀態，你便會發現路上人少了許多，這是屬於老年人的生物時鐘規律，早睡早起。不像台北，不論時間有多晚，仍然有著年輕的心靈在夜裡的街頭活躍。

最令我這個「台北人」難以習慣的是交通不便，新竹市區沒有五分鐘就一班的便捷公車或快速抵達的捷運，我這個不會開車、不會騎摩托車的「台北人」，竟只能困居在家中，成為一個依賴老公開車才能出門購物的人。這般凡事盡需配合他人統籌調度的依賴，無疑是不良於行的疾病，我不想困居愁城，想法子要在這個半鄉半城的地方學習對生活日用的獨立運作。

一開始我用最天然的交通方式——步行，一步步從住家走向二百公尺遠的菜市場。去程容易，但回程多了購買的大包小包就有些負重辛苦了。一段時間後，決定買輛腳踏車代勞。於是，我開始騎上單車按圖索驥地探尋著新竹的大街小道，在不斷變幻的風景中找尋維持生存的幾個重要定點。只有自己一人單車輕騎出發的旅途，你才會清楚的記住路徑。這才發現新竹市其實不大，它其實就是東大、西大、南大、北大路四條馬路的連貫銜接。而在這個不大的新竹市，其實真正需要熟悉的也只是那幾條小路街道。一旦路熟了，上街購物或辦事便成了一種自在又踏實的人間風景。

雙腳一踩，原本壓在肩頭的重擔遂成為拋在後面的畫面，轉動的車輪也成為推動靈魂前進的加速器。如此這般朝來暮去，寒來暑往，不知不覺，新竹一住就是二十年。

二十多年不變仍是新竹的風。新竹的風仍在夢的邊緣撫觸記憶，我望著來時路模糊的地方，風聲呼呼繞過一片片的房舍與巷道。西門街、四維路、南大路、北大路、西大路、林森路、中華路、中山路、大遠百、中央市場、新竹火車站、新竹教育大學（現已易名為清華大學南大校區）……，我知道這些星羅棋布必是我命中的緣會，在思維和心境變得柔軟以後，日子漸漸安定下來。像有一隻輕柔的手撫觸，輕輕撫平我的心緒波紋，讓我甘心安於斯地，全心投入。

「此心安處是吾鄉」，我開始習慣了新竹平和清幽的步調，開始喜歡在一路步行或腳踏車的行經途中，看著屬於新竹特有的外在風景。在神明出巡的民俗煙霞裡，看著如水鳥一群群出沒的廟會人影婆娑。我聞見了一種類似火盆裡漸冷的檀香木灰燼的氣味，散發微微熱度，竟令人上癮。我也習慣在與街坊鄰人如落雨飄下的親切問候中，感受到人情美的蕩漾。在菜市場裡和熟悉的攤販們閒話家常、順便為自己支持的候選人拉票。不再感傷這裡缺少效率，不再嫌棄這裡太過平凡，彷彿自己可以淡泊在此，靜靜地，和孩子們等待每年夏天的到來。

地方是一個人生命地圖裡的經緯，從青年到壯年到中年，二十年不算短的歲月，當一種叫「情緣」的東西深入心靈並影響著我們的時候，一切的風物都會靈動起來，不論是行走在人聲嘈雜的城隍廟前或清景無限的十八尖山；不論是路過巴洛克式建築的火車站前或騎車於南寮多風的十七公里海岸線時，所有的人生經歷都在習慣與熟悉的背景上進行。生命歷史的沉澱是一個從容的過程，就像釀酒，呈現在我面前的就是醇厚的竹塹文化。摃丸米粉美食、玻璃工藝文創、北門老街風情、內灣鄉的客家民俗，那些風景、光點，那些文化、人群，在在意味深長地撞擊我的心靈。新竹的特色並不只是那些建築與空間佈局，而是在歷史中所造就而成的獨一無二的精神氣質和底蘊。這種氣質、底蘊和魅力是看不見摸不著的，它不僅確確實實地存在，而且塑造和決定著一座城市的傳統、品位、景深、胸襟和氣象。人心之嚮往城市，城市之引人眷懷，卻並不僅僅因為城市中那些看得見的外在風景，更在於城市中那些看不見的內在風景，在於它擁有不能拷貝的特性，以及由這種特性瀰散開來的氣息和味道。

雖然新竹經年吹著未曾停止的風，尤其當秋天的九降風吹時，酸風常射痛了我的眼，讓我患上了乾眼症。雖然新竹的廟會文化風行，逢年過節或初一十五，廟會遊街活動時常吵雜喧囂，鞭炮灰燼翻飛，讓害怕鞭爆炸裂聲的我感到十分困擾，但我也必須學習與它共處。適應城市的不便處成為生命中的必須功課。

新竹已成為我生命史的一部分，她看著我的生命快速地從激昂的夏天而進入了秋天，新竹已是我中壯年的人生中最重要的精神家園，是生命的根繫，永遠的牽掛。

不知不覺，當我久久回台北參加會議或支援一些評審活動時，竟然對我生活了二十多年的台北路段與方向變得粗糙遲鈍，昔日熟悉的地方也因快速都市化而「遂迷不復得路」。台北這城市變化太快，連舊時地記憶也跟著變得浮光掠影，我好像在熟悉的傳說中尋找陌生的故鄉。在雜沓不安的車陣人潮中，我盲昧胡疑向「台北人」問路時，我會先自欺欺人的告訴對方，我是「外地人」，從而取得他人的諒解。我好像一個已經畢業多時的學生，回到改建的母校，想要尋找熟悉的老地方卻遍尋不找。想到當年我總以台北的「在地人」自居，對比現在，不免訕笑自己身分的混淆。身分的混淆也沒什麼不好，我曾經是「台北人」，現在更是在地的「新竹人」。

我一直以為我骨子裡不屬於台北以外的城市。直到有一天，我走進了卡爾維諾的《看不見的城市》，見到一段文字：

每到一個新城市，旅行者就會發現一段自己未曾經歷的過去。

我才突然明白過來——沒有誰屬於或不屬於那一座特定的城市，我們真正難以釋懷的是：在任何一座城市，我們都會感覺自己「已經失去」，因為，我們始終會認為，我們本來是可以「曾經擁有」的。就像我再也無法在台北市的四維路130號找到我童年時代的老家，因為那裡已被改建為高樓大廈了，但我卻在新竹市的四維路上130號尋回了同樣熟悉的門牌號碼。這不是另一種失而復得嗎？

離別是為了另一次的重逢。人的一生，每個經歷過的城市都是相通的，每個走過的腳印，都是相連的，它一步步帶領我到今天，成就今天的我。

不論我們離開了多久，不論我們走得多遠，只要記憶回來，它立刻自動把我連上了離開的那個時刻、那一瞬間，好像只要我尋著原路回去，便恍惚能見到當年我離開時候的情境，桌上的茶仍有餘溫。

我在台北失落的熟悉感，卻在新竹找到了。

我在十七公里海岸公路沿線都可以見到很多騎車運動或旅行的人，他們並不見得是新竹人，他們來自不同地方，說著不同的方言或語言，懷揣著不同的信念，從旅途的一端騎行到另一端，追尋著自己的方向。只要騎上了自行車出發了，他們就都已經不是原來的自己了，他們丟下了原本的一切，拋開現實生活中的一切煩惱與不順，而成為了一個追尋自由與夢想的行者。這種自然的運動或旅遊方式，能充分體驗旅行過程之美，也許只有這個時候，最純真、本質的自我，才會得到釋放。

或許，在某個陌生的街道巷尾，我們就遇見了不一樣的自己，恍若新生。

也或許，在某個熟悉的小徑狹弄，我們無意間就遇到了最初的自己。

竹風一路尋夢遠，到此已無塵半點，四周更有千碧尋。

風行水上，之於人生，在新竹，我內心安寧，歲月靜好。

——本文原刊於民國一〇二年三月二十二日《國語日報》

人生不相見

在人與人之間能演繹生命奇蹟是一種真誠話語的交流，是「有話好好說」的心靈剖白，是胸無城府的傾聽，它可以讓彼此的心靈天窗都相互開敞著並化作溫暖滋潤彼此的陽光。然而，更多時候我們不好好說話，不但如此，甚至不想多說，以致無話可說，靈魂也跟著蜷扭曲屈。

往往人與人之間發生的隔閡與阻礙，事情的起因通常是那麼微小，人的愚蠢便在於不知如何準備，或者來不及準備，準備也未必周全。當人與人無話可說時，緣也就盡了。到最後你會發現人與人的相遇竟是以疏離為目的。

閒暇之時，整理被累積多年來的教材講義與研究資料給濉塞的研究室，抽屜裡倒出嘩啦啦地落下一堆信件，原來是各式學生的書信卡片，厚厚的一疊，散落一桌。其中有封我熟悉的字跡，打開信函，打開了塵封的記憶，若非遺留這陳跡，我幾乎要忘了和這位學生之間發生過的點滴。就在我清除抽屜裡一些舊資料的時刻，無意見發現了他擔任我的教學助理時貼心為我整理的教學平台使用的方式說明。還有他每逢教師節都會寫的小卡片。算算，他已畢業六年了，如今已在外校繼續攻讀博士班，在我的視野裡消失好長一段時間。

忽然想起他，特意去搜索了他的臉書。這才發現，他和我相同的朋友超過百人。明明他的近況就在眼前，但關於他的一切就好像在我腦袋裡自動遮閉了。從他加入臉書以來，未曾主動加我為友，我也覺得不必特意去加他。或許隔著這一層未知的距離，也好讓我們可以在各自的世界裡互不干擾。至於我們是如何疏遠的呢？我已經記不清，我們之間究竟因為什麼而形成心結。沿著記憶的軌跡向前枯索冥搜，似乎有原因，又似乎不成理由。

我未曾刻意疏遠我在意的人，只是比起有目的地親近，疏離是一種更容易展現的姿態。人與人之間的隔閡，有時往往是源於某種誤解或心結。若非尋源探本，我永遠不會想起當初彼此已經漸行漸遠。

難忘那一天，那位學生來找我的畫面。

那是在結束了一個冗長的會議之後的夏日午後，我感到疲倦而緩步上樓，遠遠就見到走廊上他正立在我研究室門口，不知他站了多久了，我想他應是在等我，但不能確定，因為在三樓走廊上不只我的研究室還有其他幾位老師的，便隨意問了他：「你怎會在這裡呢？在等哪位老師？現在沒課嗎？」我說話時沒有正面看他，只在忙著從背袋裡找鑰匙開著研究室的門，偏偏因袋裡東西太多而一時找不到鑰匙。他就站在我背後回應著：「老師，我在等您，雖然現在有課，但我心裡有一些話想向您說明，等我說完了之後才能安心去上課」。我回頭看了他一眼，突然接觸到那凝定專注的眼神，其實已經勝過千言萬語。他的眼裡夾雜著許多難言之隱，很多等待說明解釋的熱望。眼神是人與人溝通交流過程中最清楚、最正確、最有效的訊號之一，但那樣認真的眼神卻帶給我慌亂緊張。我自忖他會在上課時間急於來找我，用那樣的熱切的眼神等待，也許這件事情在他心中十分重要吧，可是，在那一刻，我竟然不知怎麼來面對他，在那一刻，我身為老師應有的話語交際功能全然退化到不知該說什麼，然後，我竟然失去了與人溝通的能力，只能言不由衷地說了：「好像也沒有什麼好說的，你還是趕快去上課吧，就這樣吧。」

說完我轉頭去開門。我其實不知道自己為什麼在那個當下要用那樣的淡漠的語言支走他。或許，這種轉移言說的意向，是一種不知所措的自我保護，導致語言交流功能的凝滯衰退。而他也沒有再說什麼。

我便是用這樣的口是心非的方式把他給支走了。雖然我沒有回頭看他的神情，但我可以感受到他對我的失望吧。我真是個糟透了老師，一個有時比學生還不成熟、還不知所措的老師。

現在翻到了這封信，這是他在要升大四的那年暑假來信的詢問。

老師好：久久未給您寫信，甚至連見面也少了！自從沒有您的課以後，好像淡然就變成必然的故事情節，可是總覺得有些話似乎沒有說出。我想問的是，是不是從上學期以來，我做錯了甚麼事讓老師改觀，所以老師便漸漸有意無意地疏遠我，請原諒我的用詞直接，可是真的沒有嗎？我只是真的很想知道，是不是有人說了甚麼？或者，我本身有些過失需要改進？如果有，我很希望知道。我從以前就很敬重老師，也覺得即使課程結束，但那份師生的情誼卻是長久的，但這學期幾次找老師的感覺，好像都有點要把我推開，我真的想了很久，問人也問不到，所以只好在這樣奇怪的時候，寫這封奇怪的信，為的只是希望在大四畢業前還可以挽回某些遺憾或錯事，如果真的怎麼了，不管是我的問題，或是老師想說的，希望都可以再找老師談談。「今夕復何夕？共此燈燭光。……明日隔山岳，人世兩茫茫。」我想，這大概就是我寫這封信的心意了……希望還有機會能和老師說說話，因為不想抱著遺憾結束大學生涯，同時還是希望能獲老師的指導，即使可能真的那樣不堪吧。……子路聞過則喜，余雖不敏，請事斯語。」

看看這些信件，我深知，其實我們彼此對對方的師生之誼一直都在，只不過在這忙碌且交集逐漸失去以至於無的生活中，抹去了一些共同走過的熟悉與親近，但那些相處的種種記憶其實一直存在我的心間。作為一名老師，我既沒有資格更沒有意願和學生保持距離，但我們卻都因為在乎對方而傷了彼此。因無言與無明而互相誤解的雙方。說話的人沒明確表示自己真正的想法，受話人沒有當下提出自己的疑問，說話人也沒有對自己的言行舉止進行解釋，誤解與隔閡就逐漸加深了。

他在信末引了杜甫的〈贈衛八處士〉，古典詩詞是我們之間的心靈密碼。我記得當年回覆他這封信時半是失望半是指責，最後說道：「即使我們現在仍未隔山岳，便好像已經兩茫茫了。」我們都活在自以為是當中，活在對自己、對對方過度的要求中，這種嚴苛與責求的姿態對溝通早已形成了阻礙。再看他下一封信的回覆：

人生到死不相往來者多矣！參與商者，其為本然邪？抑其自取邪？如果發現那形成兩造茫茫的高山峻岳是我自己堆疊的，我會很願意打破這樣的僵局，希望取得一點點諒解和初衷，尤其是面對生命中曾引領我和影響我，對我來說很重要的人。

我不斷的回想這些事情最後是如何演變的呢？當年似乎再也沒能和他好好把話說開。如今我已經找不到當時自己回覆他這封信的副本，但清楚記得我對他說：「一言則已，似乎也沒什麼好說再說了。」人與人之間如果失去了溝通的熱情，通常就是一言則已，不必再思矣。「不必再說了。」「無話可說了。」這些話讓彼此熟悉又隔膜，情感相牽又拒斥，神魂若即又遊離，生命軌跡重疊又錯位，渴望被理解又難得理解他人，活得體面尊嚴卻累在心中，傾聽著別處的命運交響與生活召喚，卻沉溺在夢魔輪迴的聚散離合中。

一言既出，可以拉近人與人之門的距離，也可以拉遠人與人之間的情感。人生情緣走到後來，有人硬是寧選擇蒼涼而捨歡樂，必有錐心之痛。從此我們之間隔著一段距離，再也沒有機會和他好好的把心裡的真實感受都說出。

回想，我們是怎麼造成彼此心中的陰影，原因很模糊，也好像很零碎，應是很多陰錯陽差造成的誤解，尤其我一向重言諾，他剛好沒有履約也未能來交代原因，我等了他一段時間，終於決定改弦易轍，未料這件事情造成了他心中的傷痕。我們後來的相處漸行隔閡，甚至見了面卻不能自然而然的相處，然後無話可說。漸行漸遠漸無書，漸行漸遠漸無蹤，然後正如參星與商星不再相見。

人與人之間疏遠一定是有原因的，有時會特意說些言不由衷的話，或者因為逃避心理而不想再談，但這些微不足道的事根本不足以讓人我的境遇與現狀變成這樣啊。我在心中吶喊著。然而這種反省居然是在事過境遷之後。我頓時覺得自己當年做錯了，我不應該對學生心生失望，我是老師，我不應該小心眼地和學生生悶氣，我應該要有師長的高度和超越，不知怎樣把心裡的歉意傳遞給他，只有在心底輕輕說抱歉！真的很抱歉！

這是一個特別容易疏離的年代，有多少朋友，走著走著就散了。

他畢業了，我和他一直沒有說開的誤會也隨著時間而淡去，好像也無須說，不必說了。

就在我們已經未曾聯絡多年之後，去年他突然打了手機給我，與我分享了他考上了台大與政大中文博士班的喜訊，並說他之所以能考上，都要感謝我當年在詩選與詞選課紮實的教導，讓他在面對幾題申論題的時候能游刃有餘。他在手機裡說著：「老師，雖然我的研究主題最終未能延續您古典詩詞的專業，但我一直難忘您當年對我的教導。我對老師還有一些未盡之語，我期望會有一天，我能有機會和老師明說。」

他隔了那麼久才願意再和我聯絡，或許因為金榜題名的喜悅讓他有了勇氣才會打這通電話給我。但在這通電話過後，距離我寫這篇文章，時間又過了兩年。

如果當初我可以和他好好一談，那麼所有障礙都可能被清除。但是，好像也就這樣了，他每次說要來找我，但始終沒有真正履約，也許他習慣只是說說而已，我也習慣把他說過的約定當做只是客套話。

人與人的遇合交會，有時正如滿天星斗，卻是咫尺天涯，「人生不相見，動如參與商」啊！那一場際遇在何時開始？那一個緣會在何處結束？這原是不可預知的。人和人之間的親疏聚散，總是一方有心一方無意，在有心和無意之間，就像天空裡飄走的兩片雲，日後也許還會相遇，但心境早已不同。在教師這個崗位上，我已經走過了十多個春秋，其實也學會了看淡別離，看淡了緣份。那種「人如風後入江雲，情似雨餘黏地絮」的濫情，已不適用在現代社會，多流露一些，也只會讓人訕笑。那些抹不去的悲喜，不是風散的浮雲，而是繚繞心頭的情愫。

茫茫人海，芸芸眾生，遇見就是一種緣分，無論緣起緣滅，離合聚散，我應該學會感恩，感謝生命中遇到的人。謝謝你曾把我放在心裡。

——本文寫於民國一〇四年十月

時光之外的守望——遙念夢機師

二十八年前，在中央大學美麗的校園裡，開始了我的大學生活，那時候的中文系可謂名師雲集，有王邦雄、曾昭旭、顏崑陽、蔡信發……等在專業領域中作為代名詞的大師學者齊聚，為我的大學生活點燃了許多閃光亮點。中文系的課程帶給我生命的滋養，系上老師各具異采的教學風格對學生傾注了教學的熱忱，展現在我眼前的大學生涯是何等美好的遠景！

在眾多的課程中，張夢機老師開的課是最令我享受並沉入其中的最愛，我有幸能趕搭上仍然健康的夢機師為我們談詩說詞的美好機遇。很多事情在當下擁有時，未能覺察其珍貴，一旦時過境遷再度回首，方知能夠在台下聆聽夢機師上課那看似平凡卻美好恬淡的生活，是多麼的幸福難得。

當年高大偉岸、意氣風發、性格豪爽的夢機師精彩的課堂教學，對我的影響極為深遠，個人在學術方向上最終以詩學、詞學為研究重心，夢機師可謂最初的啟蒙者。他解析詩詞時是一份淡定的悠然，彷彿與學生暢談般的輕快，透過他詮釋過後的詩詞作品，彷彿詩人的性情襟懷、詞人的感情生命都活現在字裡行間，我享受著老師在言說中的詩情與才氣，感知著言語無法表達的詞心與境界，欣賞著那種意氣灑脫的從容自在。不知不覺中，在浩瀚的文學煙海中，我對古典詩詞已情有獨鍾。

偶而有機會與同學們在校園或餐廳偶遇系上師長便一起暢談，我可以聆聽夢機老師談個人的經歷、對學術的追求和構想、對社會現象的反思，他的思想、他的情懷，是充滿向上的力量，從不悲觀，從不無奈地歎息，遇到問題，總是從容面對，那是一種豁然大度的風範和智慧。他的親和力來自他的開朗與智慧，來自他對生活永遠的熱情，還有麻他寬以待人、和善處世的性品，四十多歲的夢機師，當時在學界與校園是位令同事和學生都喜歡親近的活躍的人物。

在我大四那一年，夢機師擔任系主任，執掌系務，位高德尊，更為全系師生所仰賴。親和、開朗、有溫度，這是任何一個和夢機師接觸過的人都會有的感覺。這種特質，使學生們願意接近他，和他如朋友般地交談，因為我們可以從與他的接觸、交談中得到快樂、啟發，得到鼓舞與向上的力量。

大學畢業後，耳聞夢機師的父親辭世了。

正當我歡欣地進入台師大國文所碩士班，準備迎接新的學期，大學同學來電，告訴我罹患癌症的師母去世了。

我替夢機師感到難過，親人的亡故，對生者而言是情感的最大的摧傷，尤其夢機師在不久前才歷經喪父之痛，如今是結髮相守的夫妻，我難以想像老師在喪偶之後如何平靜接受的困頓。我彷彿看見當年在課堂上老師為我們講說蘇軾那一首千古傳誦的悼亡詞〈江城子〉，十載縈心所寫下的「心思之曲」：

十年生死兩茫茫，不思量，自難忘。千里孤墳，無處話淒涼。縱使相逢應不識，塵滿面，鬢如霜。 夜來幽夢忽還鄉，小軒窗，正梳妝。相顧無言，惟有淚千行。料得年年腸斷處，明月夜，短松崗。

記得當年夢機師講授此詞時，從容地叼根煙，清淡地說：「我們都知道，蘇軾向來以化理為情、達觀知命而著稱，豁達豪邁、胸懷開闊是他性格的基本特徵，然而這首詞中作者卻不以達觀輕鬆之辭作結，始終沈浸在無限的悲痛之中而難以寬慰自拔。可見蘇軾對亡妻的感情特別強烈，超乎尋常，是任何其他感情所不能取代的。」是的，蘇軾詞儘管以豪爽和超逸為主調，然而，事關自己的「斷腸處」和極度傷心之事，同樣也會遏止不住胸中的感情，而唱出纏綿悱惻、淒婉惆悵的兒女之歌。一向灑脫爽朗的夢機師，或許亦然。

在時間的推移中，心情必然會從悲傷的頂峰逐漸趨向平復，我是這樣相信著，一向積極開朗的老師一定能重拾人生的信心。然而人生實有太多的錯愕與意外，本以為，老師在喪妻的坎坷之後，該是「苦雨終風也解晴」了。但是，老師的厄運並不從此結束。

一年之後，突然聽聞老師腦幹中風，病情危急的消息。同學們相約到醫院探望時，老師已經從加護病房轉入普通病房了，那曾經昂揚偉岸的身軀倒在病床，已然失去自主能力，人生殘忍何至若此！如日中天、風華正茂的壯年竟遭逢接二連三的巨大變故，人的一生，恰如與老謀深算的天命對弈，與來歷不明的意外下棋。那盤棋大得你看不見，而且又變幻莫測。命運是如何殘忍且加速地摧傷著夢機師！

好多年來，我忙於學位、研究及家庭、教職，再沒去探望老師，只從一些與夢機師親近的老師口中聽到老師的狀況：回家調養，把原來的房子賣掉了，搬到清幽的地方。老師身體雖然沒有自主能力，但思維是敏銳的，意識是清楚的。一些老友故舊為了不讓老師脫離原來的圈子，鼓勵老師發表詩作。忙碌令我忽略生命中應珍惜的緣份與聯繫致意之必須。直到我的論文指導教授陳文華老師與我商量博士論文的口試委員，提及原本想請夢機師擔任我的口考委員，但夢機師婉拒了，原因是中風之後的他，已費力地說不出一個完整的句子，他擔心表達不完全會影響口試的進行而有壓力。即使病後，夢機師仍然一心為他人著想。我問了陳文華老師：「張老師還記得我嗎？」文華老師回答：「他一直都記得你，你有空該去看他的」。

我沒想到夢機師還記得我，而我卻忽略於對一位始終還記得資質平庸的我的恩師付出關懷，真是滿心愧悔。本打算等博士論文口考結束後再抽空去探望夢機師，未料就在我論文口考當天，聽到了夢機師心肌梗塞而進入加護病房，進行裝支架手術。三天後，老師轉入普通病房。夢機師住院的那段時間恰好是我博論必須限時修改送出的收尾階段，但我擔心自己再也沒有機會見到夢機師，便決定論文修訂交出後立刻去看望他。

看到手術後回家休養的老師，在我面前略顯佝僂，坐在輪椅上，我無法想像那曾經是高大健壯的身魄、灑脫自在又幽默的夢機師，如何能被拘執在輪椅裡的狹窄空間，那張英挺帥氣的容貌，十五年前，曾經有著何等翩翩的姿彩，一年又一年，被生活，被病苦，被歲月磨蝕得蒼老了。如此勇敢積極的夢機師，力戰病痛，超越苦難，然而命運一直在摧折著這份靈秀之氣，我的疼惜與愁惻，等高齊寬。

「老師，我是黃雅莉，你還記得我嗎？」

老師點點頭，費力地說：「記得，怎麼會不記得呢？在中大，我教過的學生中，只有你最愛寫散文，也只有你寫的最多。」

一字一句，老師說的緩慢，但是卻很清楚。字字句句是那麼深入我的內心，令我動容。即使輪椅監困著他的身軀，他的表情依然和悅豁達，使人不覺其為裝設心臟支架延續生命的病人，總是以開朗的笑語化解探病者的不捨與擔心，在他與我談話中，眼神依然誠摯而充滿期許，就如同我二十歲時看到的一樣。我雙眼倏然潤溼，這一次的淚水，是緣於對人情緣份無法言喻的感激。老師的讚美，是當年的記憶的延伸。他曾鼓勵我寫作，看重我一點，雖然在中大，熱衷於寫作的人何只是我，寫的又多有好的人不知凡幾，而他卻只記得當年那個沒有寫作才情卻愛舞文弄墨的我。

夢機師對我的恩惠還不止於此。博士學位完成後，我開始投遞履歷表，期望可以轉往國立大學任教，離家最近的新竹教大一直是我心中的首選，然而謀識的競爭激烈，雖曾二度應徵新竹教大，也都二度落選，第三度再來，終於以一票之差險勝一位竹大的系友，我得以在民國九十二年應聘竹教大。方知這險勝的關鍵全由當時的系主任張成秋為我力薦，他認為我是應徵者著作最豐者，理當由我勝出。待我進入竹大後，張成秋主任閒聊時提及我的「自傳」裡強調了張夢機老師對我的影響，讓他心有所感，因為他與張夢機、張仁青老師有「三張」並稱之美談，他們是多年前在台師大的好友，我從成秋主任口中重溫了關於當年夢機師的二三事。或許這是夢機師在無心之中為我肇始的因緣。夢機師雖非有心玉成，但畢竟在實質上恩被於我。

人間情緣就像是張網，我沒想過我在台師大國研所就讀時的論文指導教授陳文華教授是夢機師的知交，我也沒想到我一意想進的新竹教大中文系主任張成秋老師是夢機師的好友。緣份際遇，那背後是一個個你意想不到的人際網絡，我在這張網裡網到了真情、關心、汲引，人生路上有人援手引渡，讓我結束了這種不斷投遞、面試、等待的飄泊生活，終能有一份安身立命的工作。

夢機老師生命最後的二十年是在藥樓中平淡度過，大病後的他雖不再有當年英挺飛揚，也失去了高談闊論的神采，但這二十年歲月卻是他生命中極重要的篇章，因為在這二十年裡，他退而不休，展現了在苦難生命中的堅毅品格，即使病苦纏身，但二十年從未中斷詩詞創作，詩詞將他的生活經驗與心路歷程作了忠實的記錄。他一直沒有向我們說出自己的身體和精神遭受的雙重摧殘，他始終微笑地面對每一個來探視的人。大體知道了自己的往後人生只能在輪椅中度過，夢機師不忌諱談死，但他卻不輕言死亡，因為他對親朋摯友、同事學生，對這世間還有無盡的留戀，因為還有未竟之事等著他去完成。病後的老師，從容鎮定中還隱隱夾雜著一絲憂傷，雲淡風輕外似縈迴著悠悠的歎息，然而畢竟在生命最後的閃光中看到了自己未來的人生道路。

有一次我帶著女兒從新竹去新店看他，不知聊了多久，他知道我事情忙，示意要我早點回去，慢慢地說：「路途較遠，不要太晚回家，再晚就到了下班時間，車班會很會擠。」一片藹然的仁者之心溢於言表。在老師手術後的日子裡，他依然是那樣慈祥那樣體諒他人，我離開時候對他說：「您安心養病，我過陣子會再來看您。」沒想到，這竟成了永別。

在二〇一〇年八月，夢機師因微恙入院而竟匆匆辭世，從此，台灣中文界失去了一個睿智的前輩，我們永遠失去一位值得敬仰的師長。唯一值得我們欣慰的是，老師在最後的日子裡，沒有太多的痛苦，走得很安詳。

人與人的感情，如同富士山的積雪，有多少積累，就有多少呈露。《莊子・山木》篇：「送君者自崖而返，君自此遠矣。」曾經得之於老師啟發與恩情的我，內心有著深深的遺憾與不捨。夢機師，您過早地離開了我們，過早地離開了您奮力勇進並為之嘔心瀝血的古典詩詞教學與創作的事業。舉行告別儀式的那天，您的學生、你的同事、您的朋友，能趕來的都趕來了，那麼多的人啊！隊首的人在殯儀館紀念廳裡望著您的遺容哭泣，隊尾的人悲痛地跟著走著。長歌當哭，將近二十多年的歲月倏忽之間過去了，夢機老師您諄諄的教誨仍然響在耳際。

想念就像一場夢，雖沒有翅膀，但可以飛翔。它時常飛進我的夢裏，記得那些年在中大似水流年的美好幸福的日子。逝去的時光雖然帶走了很多美好的東西，但也沉澱下了許多難忘的記憶，如今縈繞在腦海的，依然是老師熱情豁達、寬大敦厚的神采，如果說，我何以能在大學四年便確立自己未來的研究方向是古典詩詞，為何自己對於唐宋詞有那麼深刻的喜愛，應該就是夢機老師的課讓我在潛移默化中接拍合律，同心共感。夢機師雖然離開我們，但我總是感覺到，他離我們並不遙遠，在我們認真治學、踏實生活的時候，他會在一旁為我們默默祝福。當我在台上為學生談詩說詞，如同當年老師為我們所做的，他會在一旁含笑注視，他依然會為我們每一個前進的腳步而歡欣。難忘老師談詩論詞的台上魅力，難忘他對我的鼓勵，我想，對於關心我的老師，傳承老師的才學，是唯一最簡陋的回饋。

——本文原刊於一〇四年五月《國文天地》第三十卷第十二期

最是人間留不住——悼念林杰樑醫師

這星期四是女兒要到長庚醫院腎臟科回診的日子，但是我們心裡清楚地知道，主治醫生林杰樑醫師再也不能一如既往為我們這些腎病患者看診了。即使醫院將有代班醫生、看診仍然會進行，但想到在熟悉的診間，再也見不到那個總是對病患親切用心的林醫師，心中不免有著憑舟失棹、頓失依靠之悲。看診室的門牌上仍然掛著林杰樑醫師的名字，上面寫著「醫師因臨時有重要事情請假，本門診改由顏宗海醫師代為看診」。然而我們都知道，林醫師這次的請假，是永久的從人生中退休了，再也不會銷假回到醫院看診了。

代班的顏宗海醫師是一位年輕溫柔的醫師，看得出他很努力想以微笑來穩定病人心情。向顏醫師問起了「今後」的問題，他說：「你放心，我會接續林醫師的看診工作。」

他是林醫師的學生，新舊交替，流轉無常，展示著天地的運行。我似乎在他親切的微笑中，看到他一肩承擔林醫師未盡責任的勇氣。他延續了林醫師對女兒所安排的例行性檢查，要我們三個月後回診。目前我們仍決定留在原處不轉診，畢竟這裡有著林醫師為女兒留下的看診紀錄與病歷資料，有著他為病患付出仁心仁術的美好回憶，而且我們也應該給接手的年輕醫師機會。這樣林醫師即使在天上，也一樣可以守護著病患，我們會感覺到林醫師永遠與病患同在。

三年前的因緣際會，我們決定從台大醫院轉診到台北長庚醫院，想掛號林醫師的腎臟科卻始終額滿不得其門而入，只好以自費掛號毒物科而得以與他本人見面。當時女兒因中醫師的介紹而服食了冬蟲夏草一段時間，也藉此向他諮詢冬蟲夏草治療腎臟病的適當與否。林醫師便展現了他對藥材的專業素養：「冬蟲夏草的成份是比較複雜，其中雖有利於腎臟病的成份，但最近的研究報告分析出其中亦有不利於腎臟病的成份，正負作用相抵，不如就不要服食了。」

林醫師他了解女兒狀況後，便自動為女兒轉掛約診到他早已病患滿爆的腎臟科，並為女兒安排了許多項目的檢查，如此的細心用心，竟是我們在台大醫院十多年來所沒有享有的貼心待遇。就這樣，開啟了我們和林醫師的醫病之緣，每隔二至三個月回診一次，如斯已三年。每次回診，發現林醫師總是從早上九點看診到下午一點多才能休息，而病患總有許多零碎細節要詢問，一問都要耗去他許多時間。

醫學的傳統及本質，應是一種特殊的內涵精神，若缺乏親和力、同理心、同情等情懷，它就無從有效地進行。林醫師之所以受到病人的愛戴敬重，就因為他有著充滿生命關懷的人道情操。我們可以在林醫師身上找到在沒有醫療保險制度之前，那種醫生和病人之間比較單純而親近的關係。醫病關係不應該是消費關係，它關注的是病人而不是疾病，強調的是病人和醫生之間的互動交流與合作。其實，對待病人的最好方式是醫生對他們的愛，對他們的事情感興趣。平日看著林醫生在媒體上專業地分析各種毒素對民眾健康的危害，還要負責醫學院的教學工作，雖然忙碌，但卻從不輕忽每一位患者的看診權益，在問診的片刻交流中，身為病人的女兒不是簡化為病歷上的一個編碼與代號，而是一個具有感受與尊嚴的生命體，身為腎病患者的林醫師更能以同理心對待病人，他總是會親切地問候女兒一聲：「妹妹，近來好嗎？」「功課壓力會不會很重啊？」「要早點睡覺，不要給自己太多壓力。」「我相信你一定會愈來愈進步的！」他說話時，臉上始終漾著親切的微笑，關懷之意就像像朋友、鄰人般的可親。

這樣一位隨時要接受媒體訪問或上節目錄影被諮詢的大醫師，卻仍能彎下腰來親切地關懷病人，耐心地回覆病人許多瑣碎的問題，這不能不令人敬佩。他一定是把每一位民眾與病患都視為家人般的關愛才能做到這種地步，不但體現醫療之前人人平等的醫學倫理精神，並始終能自如地拿捏理性冷靜以展現專業，又能感性溫情地深入療程，因為他在理性嚴謹的醫療品質之外，還有著生命關懷的人道情操，溫情的問候、病理專業的詳解、總是願意傾聽的耐心，這些種種，都是愈益急功近利的社會難得的美好圖像。

透過林醫師一生的寫照，我們看到了一則關於成功人生的啟示，一個事業成功者，也必須是人格上的成功，一個具有正直無私的道德情操、博愛的情懷、助人的精神、親切的風範等方面構成的人格素質，才是真正的成功的人生。在我們的心中，早已視林醫師為一位重要的朋友，一位可以隨時做為女兒腎臟病處理後盾的朋友，即使他並未直接參與我們的生活。

人生是不公平的，「斯人也，而有斯疾也」，八月二日，從新聞中得知林醫師突然因肺部嚴重感染、身體不適而送醫急救，我很想為林醫生做些什麼，但我只是一個凡人什麼也不能做，只能在他的臉書上按著一個個鍵打字集氣祝福他，順著指尖流進我的心。內心不斷地祈求著：神！神！您無所不在，請在絕望中賜予希望，在敗象中隱含勝算，「吉人自有天相，善人自有天助」、「好人必有好報」，盼望這些格言必須經得起考驗。

想到過去，偶而可見到林杰樑醫師的身影出現在行天宮，一位總是忙碌的名醫，卻常常一早前來這裡捻香叩拜、行禮如儀，我想恩主公一定會護佑林醫師的，八月三日來便來到恩主公面前，誠心地為林醫師祈求，並為他抽了一支籤，籤詩云：「一紙官書火急催，扁舟東下浪如雷，雖然目下多驚險，保汝平安去復回」！我欣慰著籤詩字裡行間似有先凶後吉、轉危為安的解脫之兆。

原以為林醫師在八月三日情況一度穩定，一定會平安無恙的，怎料二天後，林醫師卻等不及默仗神明佑護獲吉，就在倉促間辭世了呢？我實在沒有想到，這位常常一早前來行天宮捻香叩拜的虔誠信眾、這位大愛無私、功德無量的仁醫，竟沒能度過難關，籤詩所言竟是虛妄！

八月五日，是一個令人淚崩的日子，最是人間留不住這一代優秀的仁醫，不能相信，我們所敬愛仰賴的林杰樑醫生就這樣離我們而去了，一種突變未知的病毒感染，讓長庚醫療群體用盡全力仍無法挽回林醫生的生命。長年研究毒物、以「解毒家」自許的林醫師，竟喪命於未知的病毒感染，生命的本質竟是如斯的脆弱。

我不忍告知女兒這個噩耗，因為隔天一整天她在學校要舉行學科測驗。傍晚回家，只見她一人關在房裡，黑漆漆未開燈，或許在睡個小覺吧！直到晚上八點多她才出來吃飯，問了我：「林醫師走了，後天我們還要到長庚回診嗎？」看到她浮腫的紅眼睛，憔悴的臉色，竟與我一個模樣，原來她已知道這個消息，原來我們兩人都各自流了一個下午的淚。

病人總在醫生的生命中來來去去，醫病之緣之所以短暫，常常是病人主動轉診或換醫。但林醫師卻是我們打算與之結一輩子緣的醫師。但人生常有大謬不然而不能如意，這一次，卻是醫生在非自願的情況下，離我們病人而去。而且是最為澈底的離開，是永遠不再還歸的離去。

彷彿才在沒有多久之前與林醫生在診間討論女兒病情，彷彿才見到他接受媒體訪問的專業分析與說明，但今天的消息，像是一個玩笑的預言，偏偏成了真。打斷了我對他康復出院的觀望與期盼，這種死亡的遽然決然就像一記清脆沉重的耳光用最直白的方式，出其不意地將人們打的目瞪口呆、頭暈目眩。我是個沒出息的母親，在女兒情緒崩潰時無法以超越的姿態穩定她，反而與她一起陷溺，兩人作楚囚般新亭對泣、抱頭而哭。

一旦無常到來，方知一個在生活外圍的醫師朋友對我們是何其重要，即使他並未參與我們的生活圈。原來，林醫師在我們生命中已成為一種鑑證，一種深深被刻在心裡的感念與記憶。今後腎臟科的診間將有新的醫生代班，但物事人非，留在病人心中是一種難以承受的感傷。

生命就像儲值磁卡，總有劃完的時候，而你並不知道上帝為你儲存了多長可用的生命。在這個世上，讓你心生珍惜的人，或許在某一時刻便和你天上人間，不再見面。

人生無常，不能久住，我們是被各種各樣的遭遇撞一下、衝一下的劇痛或瞬間血腥而警醒，當這樣的衝撞成為人生中不再驚歎的平常事時，我們將發現，自己的容顏有了光陰的落款與苦難的風霜。

因為深知人生太無常了，也許我們該把自己和親人、愛人、珍惜的人的相聚，以及我們自己人生的每一天都當成是生命中的最後一次去看待，努力活著，認真著。林醫師以他蒼促的辭世，啟示我們造化難料，每天都是恩賜，惟有珍惜當下，為自己擁有的一切滿懷感激。

「最是人間留不住，朱顏辭鏡花辭樹」，流轉無常是做人的命運，雖然我們最終留不住林醫師，但他的精神卻永遠常存在我們心中。詩人臧克家在紀念魯迅的詩中充滿深情地寫道：「有的人活著，其實他已經死了；有些人死了，但其實他還活著」，林醫師不厭其煩的解說危害身體健康毒物的畫面，已成絕響，然而他留下來的卻是人間的典範和價值。今生有幸，能與他結下醫病之緣，雖然短暫，已足堪欣慰。在日常生活中力行他的飲食觀念，讓它成為一種習慣，用這種方式來銘記他，這或許是報答他的最好方式。

上蒼在這麼倉促之際帶走了他，應有其深意，或許是不忍讓林醫師再受苦了，對一個位自我要求每件事都到位的好醫生、好教授、好丈夫、好父親，還要長年面對洗腎的痛苦，為病所苦，如今，他的人生功德圓滿地畢業了。他雖離棄了世界，卻透過其事蹟與言說把他的價值取向和精神期待留在身後。

死亡何嘗不是另一種新生的開始？

他是永遠的正義的俠客，二十年後又是一條好漢，屆時他不會再是單薄瘦小的身子，而是以健康強壯的體魄繼續捍衛他所堅持的「社會良心」，繼續完成他今生未盡的事業與理想。

林醫師，您真的可以好好地休息了，請您一路好走！我們祝福您。

——本文寫於民國一〇二年八月

醫病之間

我的腳裸扭傷，不良於行，在盲目地沿路摸索中來到這家診所門口，因緣際遇，便決定進去掛了初診。當時候診處沒有其他病患，所以號碼燈一亮就輪我進診間。

第一次見到你，你嚴肅而不苟言笑的氣質，就感覺你是位不快樂的醫生。在叨叨絮絮地向你敘述完病情之後，你面無表情卻果斷地抬起了我的腳置於你的膝上進行推拿，你認真而用心地做著這個動作，我因緊張而繃緊的神經更增加你出力的辛苦，你用眼神釋意要我放鬆，我努力地配合。

有人說：「每一次的醫治都是一場精彩的佈道」，心想，願意對陌生的初診病患認真推拿的醫生，應是位好醫生吧，於是，便這麼一路行來沒有轉診地和你結下了三年來的醫病之緣。

我斷斷續續地造訪這家診所，請你開藥為我減緩乾眼症、球喉症、心悸……的問題。有時候人多，我必須等候多時，才得以和你擁有三、五分鐘極為短暫的言語交流。在那一方小小的診間，我是病人，你是醫生，走出診間之後，其實我們什麼都不是。就連「朋友」的關係也談不上。我只是病歷上的一個編碼與代號，你似乎連如何稱呼我都不知道。透過三指的按脈，你就能大體掌握我內在的病灶，這是我們之間最實質的接觸，即使眼神偶然不經意的交流，你也總是蒼促地移開，被口罩遮蓋的半邊臉的你，永遠給我一種深不可測的淡漠感，我無法猜想口罩之下你的表情與心情。

當你在電腦上按下「送出」的訊號，我們就結束這般「實是求是」無關情誼的語言交流。目送著病人離座走出診間的情形，你應該經歷了無數次。有時我懷著感念回望你，想向你說聲「謝謝，再見！」卻見你已經匆匆回過頭去，趕回針炙室，或許候診的人多，趕緊給病人看病是要事。再說病人也不適合對醫生說再見，或許希望永不見醫生為宜。你知趣地轉身，或許是完成任務、盡到職責的吁出一口氣。

三年的時光，應該足以讓人與人從陌生到熟識，從淡漠到親近，但在這三年的來去往返之間，始終不變的我們之間保持相當距離的醫病關係。其實，這並不是我期待的人際交流，不是我所習慣的醫病關係，傳統醫學的醫病關係互動是親近而輕鬆的，但我們之間卻總是例行冷靜的看診程序。即使你有著善於對症下藥的專精醫術，但總是一板一眼的問診風格，堅壁清野的行醫氣氛，常常令我帶著冷涼的心情步出診間。

我清楚地了解，你是在我生活外圍的人，而且我們之間只是醫病關係。醫病關係，是一種攸關於專業訓練與理性的層次。那或許是你拔高以守的身分標幟，也是身為病人的我無能跨越的不平等關係。所以，你總是不將不逆、不迎不拒地待我，始終自如地拿捏理性冷靜以展現專業，又能嫻熟地與病人保持相當的距離。而我也總是以禮自持地與你應對進退，始終識趣且世故地只詢問與病情相關的問題，不及其他。即使有時想問候你一聲：「今天病人這麼多，辛苦您了！」、「您累不累呢？」、「吃飯了嗎？」……但診間氣氛的冷峻，你不苟言笑的姿態，總讓我把一位病人想對醫生的溫情問候吞回肚子裡。

這才發現，人世間，真誠的掛念與淡薄的現實總是悖逆出現，熱情的付出與荒冷的回應總是矛盾對立。我們是醫病關係，在診間相遇，只能談著與病情有關的問題。

然而，身為病人，不是簡化為需要修理的生命機器，醫病關係也不應是消費關係。我不是消費者，而你和診所也不是醫療業務的供應商。其實，在我心中，早已視你為一位朋友，一位可以隨時做為我生病時健康的後盾的朋友。即使你並未參與我的生活。每當夜雨天寒時，我偶而會想起你必須在這樣的寒夜裡看診，等到十點半才能回家休息的疲憊。

每次來看診，我都是以虔誠的心，善於在候診室等待的，即使要耗掉我一、兩個小時，即使你的燈號在前一位病患走出後有時要停頓了許久之後才會按下一號，我仍然一邊看著書而耐心地等待，因為我知道你比任何一位在外面苦苦等候的病人都更要辛苦。但我仍希望，你在看病時，可以目視著我，哪怕只是三十秒鐘，我也會因此放鬆，更容易與你交流思想，我至少可以感受到你是願意花時間對我這樣的病人或病情關心。有時候你只是對著電腦中的病歷表打字，望聞問切的時間只是匆促一瞥或簡單兩三問。其實病人要的只是醫生認真聽聽他的疑問，給他更多「心」的關照，提醒與叮嚀。

病人總是在每位醫生的生命中來來去去，醫病之緣，緣深緣淺不由己，緣起緣滅自有時。好幾次決定離開這場緣，放下這份對你的依賴，嘗試轉診到其他診所，換上其他醫生看病，一段時間後，仍是不由自己地又回來找你看病，或許因為你對我身體狀況了解較深，或許你的診斷較能對症下藥吧，也或許對你有著比其他醫生更多的信任和感念。但是，我終究在一次次累積的失落中，有了決定：這是我最後一次給你看診了。畢竟，在這來去之間也已經三年了，病人給了醫生三年的看診時光，也算是惜緣重情了，但現在，我決定讓你走出我的生命，也讓我從此消失在你的病患名單中。

我轉診到另一家診所，換了一位新醫師，雖然醫師對病患身體狀況的熟悉與掌握也許需要一段摸索期，但我也願意與這位親切而用心的醫生建立新的醫病情誼，一如我當年也曾經耐心地等你漸漸了解我的體質。

向你說聲再見，雖然我們不會在診間再見，仍然期望在未來你能在工作中投入更多的親切與熱情。

對於一位醫師來說，要他辛苦地看病，還要他來關心承受這些病人內心深層的感受與期待，這樣的要求會不會是苛求呢？我知道你的疲累，我看得出你不快樂，尤其在日復一日、千篇一律的醫療空間與忙碌生活裡，真的很容易讓人不快樂。但如果你嚴峻不快樂，又怎能讓病人健康快樂呢？讓別人快樂是一種慈悲；讓自己快樂是一種智慧，心腸與頭腦兼備，便是福慧圓滿的人生。

請加油！您在我心中仍然是一位優秀的醫師，只是需要學習與病人更多的互動。

——本文寫於民國一〇三年九月

格局

我漸漸懂得，真正的師長之愛，是一場得體的退出。

小葉到台大念碩班已一學期了，就在一個暮春的午後，她急如星火的來電告知，學校規定一定要在這個星期五交出指導教授名單。雖然她很期望能再讓我指導原本和我討論設計好的詞學論題，但系上規定只要系裡有相關領域的老師可以指導，就不能尋求校外老師指導，她不知道該如何是好。班上導師已為她主動聯絡了一位李姓老師指導了，她也不知如何向這位老師開口要求能讓我可以與之共同指導。

「老師，我覺得很對不起您，畢竟這個題目與章節架構是您指導我規劃出來，我覺得自己是帶著您和我和共同經營的研究主題去找另一位老師指導，我覺得應當向指導教授請求讓您可以有個名份。但不知如何向她開口。……」我聽著她在電話裡絮絮叨叨的敘述，大致了解她的難題，同時也知悉她此番聯絡難以明言的真正用意。

我內心不無掙扎與矛盾，想起了和她共度的許多記憶。

她從大一時就一路修我的課，從現代散文選讀、文學概論、歷代文選、詩選、詞選，在我的每一門課中，她似乎總和我頻率相同，心脈相通，常常在課後來向我表達她對我上課內容的感動和心得。那是一種至美的教學感應，人生能得幾回這樣的學生知音？

「老師，你能不能擔任我的科技部大專生計畫指導老師？」

「老師，我的結案成果寫好了，請您幫我審訂。」

「老師，你能不能幫我看要報考研究所推薦甄試的研究計畫有沒有需要修改的地方？」

「老師，你能不能幫我訓練研究所口試的準備？」

……

師生的相遇都是緣，磁場相近，漸漸的就會走入對方的生命。學生信任我，請我指導，從此幫助學生就是我的責任。一個老師在教學的生涯當中，能與多少位學生結下了那麼緊密的關係？在她心中，你是他尋求協助的第一人選，在她心中，你是她一直信任可以在學問上陪伴她成長的優先考量。指導是一種責任，不是恩賜，它更像是追求夢想的合夥人。我之於她，是全然的付出；她之於我，也是全心信任。

人世間最美好的遇合不就是彼此的全然信賴嗎？我想起了那些仰賴她的種種過往：

「小葉，家長座談會當天，你可不可以以系學會長身分向家長說一些過來人的話？」

「小葉，你能不能擔任我的科技部計畫的助理？」

「小葉，你是否能擔任我所負責的全校遊行書寫徵文比賽的助理？」

「小葉，你是否可以在系週會回來向學弟妹進行申請科技部的經驗談呢？」

……

四年了，我與小葉共同合作了許多成果，指導了她順利獲得兩次大專生科技部計畫補助。我也沒有忘記，她考研究所時從研究計畫的擬定，到準備口試模擬題型，我們一起準備的種種。

我也記得，我擔任系主任的那兩年，她擔任系學會長，和我共同合作的大大小小的事情。只要有她在，我便有了更多的力量。

還有，科技部計畫的助理，五四古典文學創作比賽的助理，旅遊書寫徵文比賽的助理……，與其說是「助理」，不如說是共事的夥伴，太多事我少不了她的參與，太多時候我需要她的陪伴。在我的教學生涯裡，我似乎再也找不到第二個像她這樣與我緊密結合的學生。如果用「得意門生」這四個字來形容她在我心中的地位，她當之無愧。對我而言，我們不止是師生，有時更像是一對交心的好友，無話不談。

但是，我知道再怎麼投緣情深的學生，她都會畢業，都會離開，一旦因「空間親近性」的關係改變，她到了新的環境，她也會有新的人事來取代舊人舊事，愛就是一場漸行漸遠的緣份。

原本還想著，即使她到了台大唸碩班，我還是樂於繼續指導她，陪著她漸漸地發展出和我一樣的專業領域，讓有心於學術研究的她日後在學界也有屬於自己的專長表現。

我曾主動地對她說：「你到台大新環境，如果仍然需要我指導論文，我很樂意。」想和她彼此合作共同完成一本有意義的主題論述，相互影響，共同成長，也為自己的生命悄然抹上了積極前進的底色。然而受限於台大中文系的指導規定，學生找指導教授只能以系裡有相關專長的領域老師為限。

我知道她既不能失禮於現在新的指導教授，同時也不能失敬於多年來陪伴她一路行來的我。否則她大可直接帶著我給她的題目跟著新的指導教授學習，何須向我知會？小葉畢竟在心中顧念我的感受。

我不否認，當下有幾秒鐘的時間，我是若有所失的。「苦恨年年壓金線，為他人作嫁衣裳」，就好像你努力投注的一項小事業中途要被迫中斷，你辛苦培育的果實要拱手讓人。因為不捨，因為放不下，我甚至想過要小葉去向他們的系主任請求額外通融尋找校外指導教授的可能性。畢竟在她的論文架構裡，有我投注多時的血汗與心力。

但同時，還有一個更高的我，以超越的角度提醒我：當一個人的視野和心胸都局限在一己的領域裡的時候，很難想像他能做出什麼輝煌的事業。這時的我才發現自己的視野澈底被局限在了狹小的私心裡了。

即使我多麼看重這位學生，但學生不是我的私有財產，她屬於這個世界，屬於這個時代，她應有自己的追求，有自己的人生。即使那個論文架構是我和她耗了幾個下午的時間琢磨出來的，其中有我的心血和思考，但我已經決定全然退出。一個學生若依違在二位指導老師之間，那是一種兩難。

我告訴自己，放手也同時放心吧，讓小葉帶著我的期許，在新的人事中自由自在的追尋自己的天空。

我也告知她：「沒關係，你就好好跟著李老師學習，屆時若有需要我幫忙，你再跟我說。」小葉應該也鬆了一口氣吧。

放手的瞬間，我心裡多了些釋然，少了些沉重。我也相信，即使學生離開自己，他依然有能力去應付一切，沒有我，地球依然一如既往地轉著，而且轉得更加和諧。相信她沒有我，也一定能踏出一條屬於自己的路，架設一座屬於自己的橋樑。

人生有進場，也要有得體的退場。我這位在過去陪伴她多年的教師角色，如今只適合退居二線以備不時之用。

幾個月過去了，在九月的秋風微涼中，再度接到了小葉的來訊，說教師節前夕想來見我。我好高興，原以為這段時間未曾聯絡的我們，一定有好多心事可以分享了。

當她出現在我面前時，未料身旁多了一個人——她帶著之前常常向我提及的正在交往的男友來見我，一個帥氣斯文的男生。在三人共餐的情境裡，我們的話題便只能拘限在他們兩人的未來人生，我不忘在小葉的男友面前一再強調她的種種美好，男生非常滿意的笑了，小葉感謝地向我示意點頭。

畢竟小葉長大了，有多重角色要扮演，她不會只是我一個人的學生。

看著她沉浸在戀愛的幸福中，我在心中為她高興與祝福。《孟子》提到人生有三樂：「父母俱在，兄弟無故；仰不愧於天，俯不怍於人；得天下英才而教育之。」身為人師，遇見學生的時候，他們正處於生命中最美的年華。笑容在他們的臉上綻放，肆無忌憚；熱情在他們身上洋溢，張揚恣肆。我似乎也把自己的青春重走了一遍又一遍。

同行一段的當下獲得，已足堪快慰，不必再去貪戀未來的續緣。

從那次短暫的會面後，小葉似乎很忙，忙著自己的工作和事業，忙著自己的婚事和新家布置，我們之間的聯絡少了，她回來學校看我的次數也少了，臉書上按讚留言的互動幾乎沒有了，逢年過節時原本習慣的簡單的問候也全然終止了。

少了那些沒必要的聯繫，那些有必要聯繫的聯繫也變得沒必要。我也就不再去打擾她，讓我們安靜自在地過各自生活。

樹葉的飄落是它生命的最後旅程，風一吹便漸行漸遠是必然的過程，看落葉的紛飛與飄零，感受人生的起落與得失，雖說這是必然的歸宿，但是才驚豔一剎那便塵歸泥土，終究惹人觸景生情為之駐足感懷。

如今，一葉落而知天下秋的感覺依舊，只是我不再為此慨歎，落葉不只是用來凋零的，它還可以觀賞悅目，還可以飛揚遠播，還可以加以收藏製成標本。每一次翻閱和展示，都會打開一段塵封的記憶，都會油然地想起相關的人事。

歸去本是自然。當進場就進場，當放手就放手。不問過去，不想未來，總之，生命應該是活在當下。只有當下才是真實的，才是你可以掌握的。

這世界上有一種情，超越了親情、友情，那就是老師對學生無微不至的關懷之情，細心教導之情。師生之緣與情，從來不是量的積累，而是質的追尋。不必在乎那些因為時空變遷而漸行漸遠的關係，我們只要關注現在進行中的所有，就足矣。無論處在任何境地，你都能樂在師道，都能安心，無愧於心，你就是一位有格局的老師。

漸漸懂得，師生之間最好的關係是，既沒有隔閡有間的緊張，也沒有親密如膠的負擔，有的只是平淡如水、明媚如花的心靈之約——一起成長、共同合作、完成指導與被指導的一段關係。然後學生畢業了，我不但徹底放心、也可以全然放手了！

舊時偶栽桃李花，花飛不知落誰家。師者的悲喜，有桃李芬芳的幸福感，也有歲月不居的滄桑感，這才豐富。正是「人間有味是清歡」，人我之間，這種沒有索求與冀望的清歡最美好！

——本文寫於民國一〇四年十月

凝視與被凝視

剛抵達了捷運站，搭著手扶梯走出，依約在站前出口處正等候工作人員來開車接我去進行一場研習的指導工作。因為距離約定的時間不到十分鐘，我不再下意識的拿出手機打發空檔的時間，就在約定好的位置等候。目光搜尋著人來人往的街頭，想要辨識接送我的工作人員是否已經抵達。這時我見到在不遠的前方，有一對情侶。女孩從便利商店買了一杯飲料，插上吸管正要喝，但手上還有袋子要拿，二隻手似乎忙不過來，男孩便立刻接過手來，主動捧著那杯飲料，把吸管送到女孩的唇邊。女孩子欣然一笑，然後，男孩子就靜靜地看著女孩子喝。女孩子低著頭吮吸，偶爾抬起眸子，與男孩子相視而笑。展現了一種交互凝視的情意，這份由彼此之間的深情轉換成的凝視，漸漸的編織出具有神祕意義的靈境。被男孩這樣貼心的服務，女孩似乎有些過意不去，伸手想接住那杯子，男孩輕輕地用手阻止了她，表示樂意為她而服務。一對情侶就這樣地旁若無人，就這樣站在喧嘩與流動的大街一邊，無言地微笑著，靜靜地對視著，眼睛果真是心靈的窗戶，當他們注視著對方的時候，所思所想都可以通過眼睛相互交流。身邊的人流車流，周圍的高樓低樓，身後像我這樣觀賞他們的路人，一切的一切，都退隱或淡化成模糊的背景和圖像，他們才是這世界的中心。眼中只有彼此的兩人，當然不會注意到在一旁凝視著他們的他者。就是這樣，情到濃處，只有你和我沒有其他。甚至彼此的眼中沒有我，而只有你了。兩人互相凝視著對方的眼眸，良久無言。時間好像也靜止在那一刻。

未經深情凝視的世界是毫無意義，那不單單只是一個生理方面的動作，更是飽含人類情意與精神的力量，它是那麼深入人心。我想，這種眼睛對眼睛的交流果真能加深了情人之間的吸引、興趣、溫情。通過這個動作，實現了真正的心與心、面對面的溝通。

不知是誰說的：「凝視生命、我們才能真正接近對方的心靈，當心靈與心靈有所感應的時候，生命和藝術才能被我們所略知。」第一次讀到這段話、心裡掠過一絲溫柔的感動。很多作家都善於捕捉人們凝視瞬間的感情，我想起柳永〈雨鈴霖〉：「執手相看淚眼，竟無語凝噎」這一細節，便已折射出情人依依惜別無限深情。我也想起了蘇軾悼念亡妻的〈江城子〉：「相顧無言，惟有淚千行」，在彼此相顧無言之中反而讓情感秘妙顯山露水。「無語」、「不言」並非「沒有」，反而是很多的可能性，情意化的凝視，可以讓平凡的世界神祕化。有情人自能從「無」中見「有」。我們總是說太多了，然而再多的話都比不上眼神所顯示出的生命力量與意味悠長。

不只是人與人之間用眼神來交流，我們常常忽視了對其他生命的凝視。你曾經好好凝視過一棵抽芽吐葉的老樹嗎？或許就在你每天經過的路邊，甚至就在你家的窗外。一年當中，日月照過，風雨洗過，繁盛一回，凋零一回，一如人生。它出現在你的視野不是一種作秀，它渴望有一雙眼睛對它深情凝視。不僅僅是一棵樹的抽芽生長，還有許多靜靜安放在某一處的美好東西。但在俗塵煩囂、忙忙碌碌中，我們常常忘了凝視周圍的一切、忘了凝視自己的心。我們總在匆忙地趕路，在匆忙地趕著追逐工作表現的高峰，心已成了可有可無的東西。

這時，手機突然響起，原來是開車來接我的工作人員已經抵達了，我拿起手機接聽，突然心有所感，原來我被當前的畫面感動而一時忘了要趕赴的正事。剛才沒有拿起手機打發等待的時間才能在不經意的瞬間遇見生命的美。

或許人生需要這種空白無心的跳脫。與其用許多無用的資訊來消耗生命，不如去凝視和記錄每日生動演變著的自然和人情。只有聚焦目光凝視世界，才能發現生活的多彩，獲得生活的感動。我在行色匆匆中無意撞見的這一幕男孩女孩的戀愛情景，似乎也分享了他們熱戀的甜蜜。如果你還在尋覓愛情，不如扔掉你那些談情說愛的書吧。找一個適當時機的相互凝視是讓丘比特之箭射中目標的最好方式。

人作為凝視與被凝視的存在，與他者往往形成了兩種凝視的關聯體。

凝視讓我們在日常處品味情趣，在平淡處讀懂深沉的真情，在清冽處領悟厚重的意蘊。正是凝視，讓平凡的一對年輕人的平凡的愛情，昇華為一種不平凡的美學境界。

——本文寫於民國一〇四年十二月

輯四

知命之思

越過山丘之後

常常覺得，生活就像在越過一座又一座的山丘。

每當忙完了一天的工作之後，在窗邊的牀舖躺下，整個世把寧靜平和還給我，這時我更感覺自己是剛從山上走回家，終於可以結束一天的行程。每天我都要越過山丘，不一樣的只是山丘常有變化，有時青翠，有時蒼枯，有時像絕崖硝壁，有時如廣闊天地，有時人跡罕至，有時風雨人來。

在這樣安靜平和的夜晚，想起李宗盛的〈山丘〉。李宗盛那一成不變的滄桑嗓音，還有那如言說般咬字和斷句的特殊唱法，踩著喘氣的節奏，貼著心情的轉折，近乎交談的旋律，更能讓人思考。

人生必須越過一座又一座的山丘。孔子說：「吾十有五而有志於學，三十而立，四十而不惑，五十而知天命，六十而耳順，七十而從心所欲，不踰矩」。把人生不同境界與各異的年齡長度相對應，道出了一種真理——生命中的每個十年或許便是一座分水嶺。從四十歲開始的時候就期望時間不要過得太快，擔心一下子就年過半百、來日無多。心裡忖度著，那一天到來時，我會不會流下好大的一滴清淚？會不會像曹植那樣感傷「年在桑榆間，影響不能追」？會不會像庾信那樣悲懷「日暮途遠，人間何世？」

擔心著，擔心著，時光並不因為我的擔心而停下腳步，我處處都能聽到它的腳步。當旭日驅散夜的殘幕時，當夕陽被朦朧的地平線吞噬時，它不慌不忙地走著，光明和黑暗都無法改變它行進的節奏。一聲感嘆，青絲裡掩藏著幾根白髮，它悄無聲息地走著，眷懷不能挽留它的腳步，當枯黃的樹葉在寒風中飄飄墜落時，它還是沉著而又默然地走著，就在二〇一七年已近入尾聲，恍惚間我終究必須越過五十歲這座生命中富指標性的山丘。仍想伸手去抓住屬於自己的青春，但終覺無力回春，只能坦然一笑，平靜接納。

生命是一種長度的存在，年齡就是衡量它的單位。從十五「志學」到七十「從心所欲，不踰矩」，在孔子「夫子自道」的生命歷程中，「五十而知天命」佔有特別重要的位置。少時讀「五十而知天命」，不知「天命」為何物，也未曾用心思索「天命」的真義。望文生義，以為大概是指人到了五十就知道自己能做什麼不能做什麼。直至年過半百，揣想孔夫子發此感嘆，本意在五十而知「當初」──人生很多事情，都要等到累積了五十年的閱歷後才見端倪。相對於「而立」、「不惑」，五十是一生中深刻著「成熟」的年輪。天命誠難知，「知天命」應是讓我們知天命之有限，要好好把握有限的生命，活得灑脫一些。

五十是反思人生、重新為自己定位的年齡。人在年輕時很難反思，走在上山的路上，多半想的是野心和幻想，只想儘早攀上高峰，登上絕頂，把世界踩在腳底下。以為越過山丘，就能視野遼闊，但等到你真的做到了，卻又發現，年輕時那些信誓旦旦的念頭，早已在翻越攀登的過程中變得那麼微不足道。

「也許我們從未成熟，還沒能曉得，就快要老了。儘管心裡活著的還是那個年輕人，因為不安而頻頻回首，無知地索求，羞恥於求救，不知疲倦地翻越每一個山丘。越過山丘，雖然已白了頭，喋喋不休，時不我予的哀愁，還未如願見著不朽，就把自己先搞丟。越過山丘，才發現無人等候，喋喋不休，再也喚不回溫柔。為何記不得上一次是誰給的擁抱，在什麼時候。」

李宗盛的歌詞裡那「時不我予的哀愁」，正是五十歲的人對「去日苦多，來日無多」的愁悵。年輕時候擁有歲月的資本和籌碼，「不知疲倦」地翻越每一座山丘，想挑戰極限，把世界踩在腳下。直到領略過了天地的蒼茫和人生的限度之後，才能坦然地面對自己的有限與渺小，面對現實做最真的自己。不再想匆匆趕往某個目標，不再擔心錯過什麼美景，不再追求必然，一切都隨順因緣。五十歲的心境，便是「看淡一切」的心境。看淡，不是無作為，更不是沒有追求，而是平和寧靜，坦然安詳的接納命運與造化的安排，離自然人生更近一些。那境界如同置身在萬里夕陽垂地，盡情領略絢爛歸於平淡之後的明達、澄澈、悠然心會。

越過山丘，漸漸明白，不會有誰會為誰去等候，也無需在意無人為你等候，因為即使無人等候，你仍然有自己陪伴，你總算沒有錯過這一個個精彩的山丘。你會記起那一個個讓你挑戰山丘的理由，這個理由，現在看來，也許可笑，但在自嘲之餘你還是會感激命運的溫柔。

《增廣賢文》說：「月過十五光明少，人到中年萬事休。」似乎說明人到中年，要努力什麼事都為時已晚了。當我發現了周圍的熟人開始老病死亡，去參加告別式的次數增多，突然睡眠時數日漸減少了，突然不喜歡人潮雜沓的地方，我便知道自己已老了。更加安於庸碌平凡的在一個相對閉塞的世界裡，演繹著自己的人生。

五十而知天命，乃是知生命彌足珍貴。「天命」就是要讓我們學會放下、學會溝通、學會柔和、學會接納。中年人最好的心態是平和安穩、從容不迫；最好的活法，是順其自然的生活。在五十歲之前我是為了社會標準和價值而打拚，在這之後，應為自己而活。這個年齡，已經不需要因長官老闆的一句表揚而興奮激動、歡呼跳躍，也不必因為別人的誤解而憤憤然委屈落淚，更無須因無聊的誣言而頹廢沉淪。這輩子便是最好的一世，不是因為我擁有多少的名利與權位，而是因為我所能掌握的就只有今生。我要珍惜能夠擁有的，把握能夠把握的，享受能夠享受的，用心和親人朋友相處的每一刻，思考宇宙浩淼，體會生命意義，不辜負生命的豐厚賜予。當生命到了該結束的時候，坦然地接受，這就是我理解的「五十而知天命」。開始去弄明白這些事情，便是越過山丘的價值所在。

夜深人靜，望著窗外對街懸掛閃爍著的五顏六色聖誕彩燈，還有那桔紅色的路燈下偶爾出現步履匆匆的夜歸人，以及那一閃而過的車流時，都在訴說人生很多事情都是福禍相依，得失相生，那麼，我寧可失去那些浮名虛榮，選擇平靜的生活、健康平安。

瞌上疲憊的睡眼，似乎聽到那繁星滿布的蒼穹盡頭有一天籟之聲傳入耳鼓：「越過山丘，難得是自在！」

越過山丘，前方依舊有山。

跨過知天命之年，人生的下一個驛站是耳順。山外有夢，天涯有歌，只要我愛的人們都平安健康，那就是最平凡的幸福，最令人珍惜的美好。

五十而知天命，在跋涉攀登之後，終尋清明坦途。

——本文寫於一〇五年十二月

霜雪凝肩

左手指在壁面上一指一指地攀爬，一次又一次，然而早被凍結住的肩關節只許我停留在一個固定的高度，僵直的上肢早已無法收縮自如，這種「舉手維艱」的日子已經持續近九個月，針灸、拔罐放血治療一段時間，絲毫沒有改善的跡象。

這毛病是動也痛，不動也痛。醒時痛，寐時也痛。已不知有多少個夜裡，我常被痛醒，這酸痛有時會拓展至頸椎、下臂。

雖然我從外表看來還像是正常的人，但左臂實已近半殘，很多動作包括穿衣、側取、後彎等我都已無能為力，往往要假手他人的支援。生活的不便，仰人依附的情境讓我感到人生十分黯淡。

想想自己究竟是如何得此重症呢？許是長期的負重、忍重、耐重。常常背著大包小包的物品從新竹上台北娘家以示孝心。上菜市場時、逛超市時，提著大袋小袋提供家人生活不虞匱乏。上課時，提著一疊又一疊的課本講義想給學生更多的補充。……過去以來，我常驕傲地自以為身壯如牛、耐勞如馬，在身上扛負了許多重擔，長期以來的習慣與習性使然，縱使我有鐵臂銅肩，經久使用打磨勞損，五十肩終於降臨在我身上。

中年人生，仍想像從前一樣為生活週遭的人付出心力，仍想服膺「人生意義在於承擔」的真義，現在就算我要繼續地負重，就算我要強力而為之，肩上的霜雪凍結已不許我再逞強，再扛、再背、再提吧，於是我在左顧右盼中左支右絀，顧此即失彼，瞻前即失後，最後，這個袋子與那個背包全從我身上滑落跌掉一地。

我曲身撿拾，伸手扛負，不慎拉扯到患肢，又是一陣痛苦直逼而來，只能暫時以埋頭、蹲身、抱臂的狼狽難堪來療傷止痛。

就算我想要優雅從容，維持形象，但肩關節的沾粘已讓我進退維谷，內外難諧。

中年人進退失據的主要原因，是忘記了自己的年齡，自以為還有青年人的體力與活力，可以打拼奮進，熱血衝天，證明自己的價值，尋找自己在這個世界的位置。於是，老想要別人像對待青年那樣關懷自己；但一會兒卻又要別人像對待老人那樣尊敬自己。始終沒有在自己的年齡位置裡落腳，沒有跟上生命的腳步。

「力微任重久神疲，再竭衰庸定不支」，五十肩啊五十肩，它的出現，不但宣告了自己即將進入知命之年，同時是身體已不許中年的肩頭總是擔負那麼多擔子的預警。中年是生命行旅負擔最沉重、挑戰最頻繁的階段。這個階段，常常被卡在上一代與下一代之間；卡在追尋與現實之間。一如我肩關節沾黏，霜雪凝肩，導致整個肩膀活動被卡住了。我不得不放慢腳步、甚至中場暫停，暫時退出場外檢討得失，為前半段人生來個清算和解。算算自己還有多少籌碼和依憑，為下半場人生做好接受挑戰的準備。人到中年，基本上已經找到了屬於自己的位置，實現自己的價值，不需要再用急急忙忙、衝鋒陷陣來證明自己。

人生在世，中年以前勇於進，毫不畏懼；中年以後要勇於退，不留遺憾。

在經久不癒的五十肩折騰的中年階段，才恍然大悟，原來從小盼著快快長大好好地追求體會一番的人生意義，除了種種的責任和義務——對上一輩的責任，對兒女的責任，對家庭的責任，對工作與職業的責任，還有什麼是真正留給自己的人生意義呢？究竟這樣的巔波雜沓一程的人生有何意義？

自笑平生為口忙，卻換來，衰老疲病心。人到桑榆之年，想要長生久視，更要珍此中年身。於是，我決定再到西醫進廠維修去做復健。一早就來到醫院掛號，拿了號碼牌踏進復健部，沒想到才八點半，已經有好多部待修復的生命聚集在這這裡，放眼看去他們全都是中老年人，我嗅到生命退化衰老的氣息，我也是和他們一樣在這裡等著復健師叫號接受徒手治療。我在旁等候，一陣陣的哀號與呻吟聲傳來，我已經可以模擬而得之輪到我上場待宰時的慘烈情境。

從一早八點多掛號了，輪到我的時候竟然都下午一點多了，時間就是耗損在這樣的等候中。但我能抱怨嗎？因為那位物理治療醫師更是辛苦，他可是從八點多就忙到連吃飯都沒時間，接下來一點半他又要開始下午診了。

復健師說這症狀，如果早在初發的前二個星期就來處理治療，是可以在短期內就改善，然而我實在是拖了太久了，如今要復原也必須經過長時期的作戰，持續治療，要我有心理準備。我這才知道原來是因為延宕過久才加深了復原的難度。躺上了復健台，復健師一拉一壓便在我的肩臂間進行了一緊一鬆的往返動作，讓我痛到眼淚都要流下了，實在控制不住地發出疼痛之聲，復健師挖苦的說：「你對痛的忍受力很低喔！」，或許是操持忍耐了大半生的時間，這時痛苦再也忍不住了。

在那短短的幾分鐘裡，彷彿天地都靜止了，只有漫天的雪花在寒風的裹挾下飛舞著。緊瑣的眉頭與扭曲的表情，還有像要被支解的患肢，不知要歷時多久才能康復的煩憂，感覺自己像是一架破敗的生命機器，逆來順受的無可奈何，無所適從的大寂寞襲來，那不可知的命運又如一團亂麻揪扯心扉，彷彿屬於自己的那盞生命之燈在一點點暗淡，衰老如影隨形。

身體有恙，人生實在很黯淡。如果說生病的經驗帶給我的收穫，那便是一步步懂得自己曾經擁有的幸福。那種平常生活中平凡人物的平實幸福，是最容易被我們忽略的。

手廢了，才知道可以正常生活的人生多麼美好；肩僵了，才體會到可以自在自為的日子多麼安詳。期望春回大地時，我的左肩上的濃霜積雪可以澈底解凍冰融。

——本文寫於民國一〇五年十月

合併　是另一種消失

這些年來，因應少子化趨勢，大學的合併成為一種流行的風氣。教育部以提升整體競爭力的目標下，以提供高教資源為餌，主導國立大學的合併事宜。那些大官毫無懸念的認定，規模不夠大的大學，人數不夠多的大學，必需要和大校合併，才能贏得競爭力而生存下去。教育部信誓旦旦宣布幾年之內，一定要讓台灣大學的數量，減至一百所以下。教育部的大官們，似乎不是在辦教育，而是開公司，他們眼中沒有人的存在，沒有個性的差異存在，當然不會去關心不同屬性的大學之間有何差異，更不可能在乎弱勢小校被合併之後的人事安排。

合併、併合，二校合而為一，就其實質，並非一加一等於二或大於二，實質是弱勢被迫消失或被吞沒。大校鯨吞小校的所有，包括教師員額、學生人數、還有土地、資源等一切。「合併」，就實質作用而言並不能視為「同義」複詞，它絕對是「偏義」複詞，取義於「併」。在不對等的條件下合併，正如平民女嫁入豪門貴族，小魚被大魚吞噬，小校從一個原本具有自主性、完整性的獨立個體，成了被他人決定一切的附屬品。合併，在大學校是「得」，在小學校是「失」，澈底失去了自己的獨特性，失去了自己的未來與無限可能。

一座校園的生命史，便因為外力因素而要被重新定義與命名。在這個數量取代一切的今日，很多事物都被重新定義著，被改寫與新造，直到它在這個世界消失了。

新竹教育大學和清大從十年前的過去便一直在談合併，風風雨雨十年間，每一次的討論大多在做無謂的時間浪擲，從學校行政到各個系所單位，只要風聲一起，下面的各級單位便開始花時間開會、討論、因應，然後，忙來忙去，勞民傷時，總不外又回到原點。此後，我認為把時間用在開會討論合併的「假議題」，已成為耗損生命的無謂之舉。

但從二〇一六年以來，兩校重啟的合併案似乎又進入了火山活動的頻密期，上層頻頻開會，暗中密語協商，交換的是什麼，協商的是什麼，都在廟堂之上的密室中進行，我等處江湖之遠的基層教師、職員等平凡小人物是不得其門而入了。但因為合併談了太多年了，也折回原點太多次了，所以我選擇了塵不上心間，依舊照樣過自己教學和研究的生活。不論他方的校務會議通過了什麼，我方的校務會議又通過了什麼，看看就好。至於對方學生舉標題抗議、在網路上以酸言冷雨嘲笑竹教大不配「高攀」清大，嘲笑竹大人「免費升級」得到清大的名位……我等也能理解那是一種頂大人特有的高傲之姿輕賤外來族群的正常心態，聽聽就好了，不必動氣發怒。對於合併一事的任何瑣言碎語，我選擇無聽之以耳而聽之以心，繼續埋頭工作。

然而，卻沒有料到，這一次居然是玩真的，這件原本隔岸觀火的高層之間的協商，居然實實在在的介入到我們的生活，而且是在那麼倉促中便拍板定案。才在開學沒多久的十月十五日，兩校的最高層連袂舉行記者會，便公佈了半個月後的十一月一日，新竹教大和清大合婚，兩校實質合併。在記者會上二位大官用美麗的語言強調兩校合併是經過十多年的努力磨合，為了更美好的教育願景而成。大批媒體採訪與鎂光燈閃燿個不停下的記者會，襯著那些華麗而浮誇的話語更加閃爍動人，便以一種不可逆轉的陣勢真真實實地改變了新竹教大的命運。我多麼希望這一切都只是做戲而已，記者會是假的，二位高官的笑容也是假的，我們在電視上所見到的只是一場場被導演出來的戲碼。但我們終究要面對這個世界，只是一個成、住、壞、空相循環的變化歷程。從來沒有想到，這個我賴以生存的校園與單位，隨著時間的流動，因為少子化的浪潮，被迫要被大校兼併，而且這麼快，快到讓我們都措手不及。多少年來國教風華締造師資培育使命似乎因為時代的促迫與生存的困境被迫中斷。

現實算計超越了教育的真諦，大數據取代了不同屬性學校發展的個別性。

新竹教育大學這個校名將從「新聞」變成「歷史」，很快的，你只能在舊書報或網頁上找尋它在歷史中留下的紀錄與痕跡。

新竹教大的中國語文學系也從此成為一個歷史名詞，退出了一〇六年度大學招生的科系中，今後這個系不會再有新生，也不會再有一屆屆、一代代的傳承。

多少風雲逝忘川？這個我服務了十三年的單位，從新竹師院時代的「語文教育系」，到民國九十四年因應學校升格為「新竹教育大學」易名為「語文學系」，又在九十六年英文組老師移出成立「英文教學系」之後，中文組同仁便以「中國語文學系」之名，更加集中在中國文學與文化的專業教育。這個在新竹教大算是重要的大系，一路演變與易名，在前人和今人的努力下成長茁壯，如今，新竹教大中國語文學系它也要成為歷史名詞了。它不僅成為被記載的往事，同時也成了過去完成式了。

中文系的學生們自發在系大樓走廊欄杆上綁上了白布條表示哀悼，白幃上用顫抖的筆力書寫著「竹音宛在」、「毋忘在竹」、「一日竹大人，終身竹大魂」……，墨跡似乎染著淚。此舉在外人看來，似乎是不能理解的「為賦新詞強說苦」，學校一舉易名為人人羨慕的「頂尖大學」，應是可喜可賀之事！然而只有身處其中的人，才能理解那種屬於自己的歷史與發展被中途切斷的憾恨。或許我們曾經功利的想過校名易幟為「清華大學」可以讓學校有更好的未來，等到事實成真，竟只有悲傷和遺憾，一點喜悅也沒有。多麼希望我們仍然可以保有過去那「小國寡民」的自主性，還能留住那種氣質底蘊，一種小校特有的含蓄內斂。

但在被吞併後的校園裡，屬於她原有的風華與歷史，如何被再現？又如何被來者想像？

物是人非自傷今，「新竹教育大學」這個校名消失的，不只是它本身的涵義，它還具有情感和生命，有多少人在這裡走過他們的青春，回望了他們的青春，或許沒有人瞭解，伴隨著名詞的歷史還有屬於人情和集體的歸屬感、記憶的拼圖，那些浪漫的日子構成了每個在這裡成長的人們彼此強烈的向心力和連結性，讓我們能在這個天地裡深深地扎進我們的根。即使這個詞彙能被取代，但在它的背後有些東西是永遠換不走的。

透過併校，我得以重新看待自己與新竹教大的關係。

原來得到清大一流大學的外在空洞名聲，卻比不上擁有一個小小的新竹教育大學那般的溫厚質實。

原來我並不豔羨清大的種種。

原來，我早已深愛著新竹教大的一切。

但在這樣量化的年代，一切都可能快速失去，我們所愛的一切，都只能是短暫的擁有。

自從兩校校務會議通過了合併的投票，竹教大便有經費大興土木了，首先是校史館改頭換面了，再來校後門也圍上了木質圍籬，不知為何，看到這個圍欄，讓我突然想到當年國民黨遷台，當局在一定軍營區域內為軍人及家眷興建簡單的「眷村」安頓。眷村以竹子籬笆為建築材料，四周以籬笆圍起來，許多外省士兵和眷屬聚居在散落於全省各地軍人的村子裡，形成了相對獨立的社會環境和文化環境，相對封閉的環境也漸漸形成了省籍的隔閡。被併滅了原本歸屬的竹大人，好像也被視為外來族群，形成了「竹籬笆情結」了。

不知是他人以「上等人」之姿來隔離了我們，還是我們以寄人籬下的情結隔絕了他人？兩個不同性質的校園合併之後，會有怎樣的因緣際遇？兩個社會地位並不對等的校園合併之後又會有怎樣的磨合歷程？劃界以自衛、對立以自恃、區隔以示地位差異？還是能被對方敞開胸懷真心接納？

一旦兩校合併，很多實質的現實問題漸漸的浮出檯面，直接而尖銳的改變了我們日常平凡的美好。首先我們要面臨的，就是和清大同質性相同的科系要被迫停止招生，形同被毀系。兩校合併，這其中有許多無法由上而下貫徹實行的政策，與清大重疊科系的教師由於現實的利害因素並無法依併校的白皮書中所陳全數併入清大相同的科系。於是我們這群多出來的人成了清大如何安置下的包袱與麻煩，合併已踰半年，有三個系所依然被掛在過渡單位——「系所調整院務中心」底下。積極一點的人會掌握自己的人脈與機緣而受邀轉入清大一些系所與單位，向留下來的同伴揮揮手，像有個彈簧一樣，離心力非常清楚。想當時在竹大同一單位共事時，接止連席，好像只是一時的情不得已。併校對竹教大而言場災難，讓人與人之間的差異立刻表面化，讓一個團體成員各自因現實考量而群分。決定要走的人離去，原本的單位也隨著舊生的畢業就要消失，留下來的那些未被邀請、沒有人脈助援的人，只能留在原地努力向高層爭取成立一個可以託身的獨立所，另闢新域，學習中年轉行。

原來，改朝換代，竟只是段短短幾天便達成。校名改了，行政業務轉移了，教職員證重新辦理，教學單位重新更名歸屬，原來的新竹教育大學系統全部更名為「清大南大校區」，然後網頁重新建制，電話號碼全都重新設定，我們從不習慣、不適應，到只能接受改變，漸漸的，從全然不同到逐漸同化，書同文、車同軌，日子久了，不習慣也得習慣了。如此一來，就可以讓一個你每天賴以生存的歸屬完完全全成為過去，變成歷史。接下來就是校牌易幟，上層決定選在二〇一六年的最後一天，把舊的「國立新竹教育大學」的校牌一字字拆下來，換上新的門號與稱謂，從此向外人宣告，「新竹教育大學」真真實實地進入歷史了，從此再也不是一個完整的獨立校園，成了清大附屬下位於南大路上的校區。

我看著校門對面的行政大樓門前，一張舊海報上張貼的「歡迎光臨新竹教育大學」，當你不再是主人，而只是他人的附屬區域，往後還能以主人身分來迎接賓客嗎？也只能迎接遊子的回望與憑弔了。

人是歷史的產物，人也是在歷史中使自身明晰化，因而人不能在歷史之外來認識自身。名號可以改變，但歷史不能篡改，記憶也不能遺忘。我永遠也忘不了，這個哺育我人生十三年的校園，她有個好美的名字，叫做「新竹教育大學」，多麼大氣而具有象徵性的名字，她是新竹地區唯一一座以「新竹」在地色彩命名的大學校園，她擎舉著新竹地區小學的教育命脈，培育了許多優秀的國小教師，而今，她真真實實的從「新聞」走向「歷史」了。

竹韻聲斷空餘音，世間再無竹教大，……一切的一切都只能在談笑間成為追憶。那些我們都說不清的，只能化做一聲輕嘆的失落。世間的一切美好總是不停的在消失，比起真正的生離死別，國仇家恨，失去學校的名字與舊幟這件事情真的很小。但我們日常生活的小確幸不就是可以在自己熟悉習慣的環境努力工作？我們賴以為生的不就是這樣一個生存的所在？我只想擁有一個可以安身立命、施展專長的歸屬，但在併校之後，這個歸屬已經不復存在了。

在南大路上的新竹教大原校址，在幾年後所有的系所都會遷移至清大校本部，舊地會被新的功能取代，成為清大的「推廣教育中心」、「社區大學」、「樂齡大學」等經濟掛帥的市民進修單位，之後，無法再看到清大、交大的男生到竹大校門等候女生聯誼的畫面，也無法看到在女生宿舍門前麵包樹下等候的癡情男生，也無法聽到學生在客雅溪畔的悠揚琴聲，無法見到中文系學生在講堂表演的語釁宮話劇、藝設系學生在藝術大樓裡展現的藝術畫展……。這些屬於年輕的記憶都將隨著舊生的全數畢業而消逝。

每一所學校都代表著一群人的青春記憶，學校的「消失」也意味著物是人非的失落。存在過的，永不會消失。消失的，不代表不存在。雖然新竹教育大學即將走入歷史典藏迴廊，更名為清華大學南大校區，但竹師精神將永恆傳習，歷久彌新。

相信會有那麼一天，無聊硝煙會隨著時間淡去，族群的對立終將漸漸化解，留下的還是清朗天光。屬於我們的美好，會隨著時間在心頭蜜成珍珠，穩穩的掛在心中，那就任誰也拿不走了。

——本文寫於一〇五年十二月

樹木人生

併校之後，系上的種種紛紛擾擾宛如饑荒的蝗蟲啃噬著我的生命，催傷著我的心靈。一次又一次如同八陣圖式攻防的會議，實在悶得慌，於是，藉故走出會議室，在校園裡到處溜溜。這座小而美的校園，她的日常，總是那麼安靜清幽，一點也看不出被併滅之後的殘缺。天是明亮的，冬日裡爭相生長著的一切花草還在為明天而努力活著。校園的草地依然有著清晨時的那種明亮與鮮麗。

我必須以「寫史」之姿記錄這一筆，現在的時間剛好是二〇一六年十二月月三十一日的早晨，我站在一個「曾經」叫新竹教育大學的校園裡。校是老校，已過耳順之年；也很年輕，年輕得就像那些嘰嘰喳喳的青春學子。因為她從明天開始會以另一個新名號重新開始新的人生。

走過操場上的幾棵校樹，在早晨陽光合著煙靄下顯得迷茫，不遠的操場有人在健走跑步，有人在對打網球，灰塵紛紛揚起，人影轉動，宛若一場場光的電影上映，這是竹教大校園一隅的日常畫面。我停了下來凝望，從「無常」的現實進入到「日常」的生活，慢慢的，我成為面向操場、賞覽風景的一棵樹。時空似乎靜止了，不再翻轉動盪，似乎眼中所見到的每一個人都變成一棵樹。他們不再為了生活而奔波，不再為了未來而焦慮。陽光傾灑，和風仍然吹拂著樹梢上葉片。

無數次和校園裡的樹對視，慢慢覺得自己真的是一棵樹，一棵種在校園裡生根抽長的樹。在這座名為新竹教育大學的校園任教已十三年了，它是我待過最久的一座校園，看著她從「新竹師範學院」改制為「新竹教育大學」，每一步變遷，都是身分轉換的契機，我曾經夢想有一天，她會再一變而為「新竹大學」，成為新竹地區唯一一座以在地區域命名的普通大學。然而這樣的夢想畢竟是落空了。

年去年來，十三年的光陰，讓我從靦腆摸索的新進教師、升等、也接手過系主任，一路前行，從生命的壯年一路滑向中年，其間每一步都浸透了人生的汗滴與淚水。日復一日，我在這裡過著幾乎一層不變的生活，每天備課、上課、改作業、指導學生論文，不知不覺，我早已把自己的事業與一所學校的發展緊密聯繫起來了。這其間，學生來了又去了，新生變成畢業生與校友，一屆又一任，而我獨守的仍是那張三尺講台，仍是那幾間熟悉的教室，還有3306研究室。守著寂寞，也安於平淡，一直固守心中的那片淨土。晨昏往返，漸漸的，我愈來愈覺得自己像一棵樹，生命好像就定位於此，不再渴慕鳥兒的自由飛翔、不曾豔羨人們經常移地換位而游，我不冀求求空間的拓展，只求時間的綿延。

我從操場踱步到面向南大路和振興橋的校門。想著當年第一次走進這座校園的情境，只要站在校門口，四通八達的道路，你便能掌握人生前進的方向，絕對不會徬徨歧路，那種幸福豈是大學校所能擁有的？儘管周遭車流人聲陣陣，我聽到有同學轉職到一流的大學任教，有朋友高遷升官了，但我卻充耳不聞，波瀾不驚，安於斯境，全心投入於這塊我賴以生存的有限土地，以不變的心來應天下之萬變。

幸福並不完全取決於人的環境、人的地位、所能享受的物質條件，而在於人的心靈如何與生活對應。生命中最珍貴的莫過於單純、簡樸。我深信，理想的燈火可以燭造生命的寒夜，面對當下的淡定自得，我的心境有了精妙的平衡，我就像一棵樹似的被栽種在這個定點上了。我深深覺得能在這麼一個簡樸單純教育大學裡安身立命與安心過活是幸福的。我喜歡年輕的活力與心情，包括同學們寫的好句子、真性情，和我交流的種種心聲。人生中最美好、最有價值的莫過於年輕。正如同三十年前，我也和許多同學相聚於中央大學中文系，像今天在校的大學生一樣，風華正茂，熱情洋溢，一面聆聽老師的諄諄教誨，一面憧憬未來的美好生活。也許是內心深處依然殘存那份純真，讓我仍有教育的熱力燃燒；抑或是通過與大學生的交流開啟了我情感的閘門。

我是一棵樹，一棵對生長的土地有眷懷的樹。我和新竹教育大學這座校園的樹相遇相識十三年，歲月像一個迂腐刻板的老雕塑家，守職盡責一絲不苟的在我們每個人的身上刻下鮮明的印記。透過這些後期雕琢的痕跡，我們是否仍能辨識出當年的風采？當我在人生不惑之年向知天命之年挽起袖子、揚鞭策馬奮進的時候，我教書的大環境發生了天翻地覆的變化。似乎就在一眨眼間，歷史已把我們拋擲在二十一世紀。二〇一六年的最後一天，我跨入了知天命的門檻，迎來的「新竹教育大學」的校牌被無情的拆下，換上了清華大學南大校區的名號。當那一個個銀色的字跡被工作人員拆下來之際，有一種被連拔起的痛楚。我這才知道，「樹欲靜而風不息」是一種悲哀，「樹欲動而風已息」也是一種遺憾！

這一天，二〇一六年的十二月三十一日，此刻，我還是走在校園的柏油路上，我仍像一棵樹一樣駐足，傾聽天地的對話，傾聽自然之音，也傾聽造化無情與心靈無常之聲……明明我還在這裡工作，熟悉的地方還是你，卻只能輕輕地跟你說一聲：「明年不見……」，在今天以前你是歷史，今天以後則是變身易名後的未來。過了今天，新竹教育大學真真實實的成為歷史了。

我知道，新竹教大的風華終將逝去，只能淒然一笑，抖擻一下精神活在當下，繼續前行。向起落沉浮、動蕩不安的二〇一六年告別，向完成歷史任務的新竹教育大學道珍重。但不能期待能再相見！

——本文寫於一〇五年十二月

當時只道是尋常

每天早晨，騎腳踏車上班的我，總是從後門進入校園，行經三合院，我便會停下疾行的腳步，不自覺地回望來時路。

來時路有寬有窄，有直有彎，就算遠了望不見了，也會在心裡覆念我下過了幾座山、跋涉了幾道河。

回望來時路，也許為了返程，也許為了記憶不久之前或已經久遠的「曾經」；或許什麼也不為，只是一種多年來的習慣，就像天天早晨起床都要喝一杯溫開水一樣。

雖然是小小的三合院，卻也盛滿了年去年來多少屆學子彼時年少的最美時光。在這裡，曾經讓應科、中文、環文三個系在這裡像鄰居般聚合在一起，不同學科性質，卻形成一種異彩共生的情感，如同三足鼎立，雖然不見得每個人我們都熟悉，但卻是學校中最常見面的同事。大家來來去去時，微笑點頭打聲招呼問候；甚至停下來鄭重交換經驗與意見，互相提醒。我喜歡竹教大那種純樸的人情味，不帶居高臨下的驕恣，沒有睥睨一世的刻薄。

我也喜歡三合院的日常。每天早上，我都在晨曦中上樓，迎見我的便是樓前樹蔭裡的鳥鳴。你以為你最早到校，但你必然可見已經不年輕的婆婆媽媽比你更早就在應科系走廊進行韻律有致的體操，在清晨的亮光中開始以舞曲宣說著屬於中年人的青春活力。過了上班時間，你便可以見到外籍看護三三兩兩推著坐著輪椅的老人，一起來到這裡用他們彼此熟悉的家鄉話閒坐聊天。黃昏時候，幾位阿公老伯歐巴桑一起坐在三合院的木椅或樹下的石墩上，有一搭沒一搭地抬槓，或和過路的人大聲招呼，歲月抹平他們臉上的個性，把滄桑的溝壑一咧彎成慈祥的笑紋，眼神淡靜和善，稀疏的黃髮在夕陽裡泛著亮亮薄薄的霜色。還有一些氣喘吁吁汗流夾背的健走者，環繞著校園一圈又一圈。這千篇一律的日常形象，逐漸構築了三合院的日常風景。還有那大搖大擺地散步的大鳥、總是處心積慮想追逐松鼠的校狗，都成了三合院的日常景觀。你呼吸享受著大自然帶給你生存的禮物，你像受到恩賜一般，心存感激。但三合院從不驕傲，他和藹親切，對任何人與事，都不迎不拒，平等接納。

入夜後的三合院，仍舊燈火通明，總有老師留在研究室工作到深夜，也有老師等著夜間上課，在這裡，你永遠不必擔心入夜之後的孤獨，不必擔心黑暗來襲的恐懼，因為三合院永遠氣旺神健，即使是冬天和晚上，它時而純樸深邃，時而靜謐溫柔，但總是散發著溫暖。

對我而言，這裡不只是一個院落，它承載著竹大歲月尾聲裡一個個鮮活的記憶，拼湊成中年裡不完整但卻是不平凡而確切的感動。那是我中年人生的一處安身立命所在，我曾經期望自己能安穩地在這裡工作到退休。畢竟我天天都在這個院落生活，懷著樸實而純真的理想，你當然相信事物永遠不會改變。

自從對於一個地域、一種環境的認同感之後，即開始了一種情感的歸化，這是人屬於地域、屬於空間的一份證明。原以為，即使竹大名號消失了，但我們至少還可以留在熟悉的三合院繼續生活個幾年吧，那也聊堪自慰。未料在合併才一年多後的二〇一八年七月，校方又一道命令下來，向我們宣告：三合院除了應科系大樓的「正身」之外，其中的左、右方被建築師鑑定是危樓，我們被迫須在一個月之間完成搬遷，中語系大樓各教室被清大校方禁止使用，我們平日活動中樞的系辦成了堆放教學器材的雜物間。

在變幻無常的生命裡，歲月，原是最大的小偷，被鑑定為危樓的三合院至今沒有倒塌，但我平凡的日常終在轟隆聲中化為瓦礫。回不去的三合院歲月，猶如回不去的竹教大時代。

併校之後，原本屬於竹大的美好，一件又一件的消失了。情愛與夢想、歸屬和邊緣、堅守與放逐，周旋與撤退，我們面臨了太多複雜的心情起突與艱難抉擇。

再度回望熟悉的三合院落，少了過去的熱鬧，多了幾許蕭條冷清。場景是在使用之間為我們存留回憶的地方。我們不斷與人、生活或諸多情感相遇、離別又重逢，只有倚賴生活過的地方幫我們點數其中的情意。一張木桌椅、一道竹籬、一個石墩、一排斑剝落漆的柵欄，如果溫柔真誠以待，即使它的顏色、光澤老去，在我們充滿記憶的眼中，仍然美麗動人。

中語系、三合院、竹教大，工作、事業、生活，都是些當時只道是尋常的美好，在我們擁有時或許從未能好好珍惜。經歷合校之後的人事浮沉，那些相伴我們的日常小事或熟悉的場景或許就是我們最能倚靠的錨。那些細小的日常讓生命有了真實的溫度，讓我們用心體會、細心珍藏。

或許三合院的歷史意義已大過於實用意義。我知道，竹教大的一切一切都會漸行漸遠，終會有一天，我們也必須被迫搬離南大校區。到那時，竹教大三合院便真真實實成為珍貴的歷史建築了。一所學校一定要有古蹟，古蹟是一種教育、一種歷史、一種文化，有了這些，學校才會有溫度。當我們懷念校園生活時，我們更多的是懷念校園裡曾經發生的故事以及故事背後的冷暖人生。

此刻，我還是走在三合院的磚頭路面，下過雨之後的路面顯得格外濕潤，彷彿踩在它的上面都能感覺到一種透心的涼。松鼠依舊在樹與樹之間跳躍溜滑，大鳥依舊大搖大擺的在柏油路面上不可一世的嘎叫，校狗仍然趴在川堂下休息，絲毫無感於校園人事的變遷，無感於三合院只剩應科系淒然獨處。

悲歡離合總無情，當時只道是尋常。

——本文寫於民國一〇八年五月

改造

剛開始買來的這盆文竹，姿態優美，枝條細柔，層次分明，高低有序，一片又一片雲狀似的葉子格外的幽雅別致。為了讓它的姿彩可以更具亮度，我把它放在向陽的陽台花架上，在陽光的映照下，果然顯得更加秀麗寧靜。

然而，日子久了，那盆文竹不復有當初的光彩，或許是先天不足，或許是營養不良，不知為何，竟然變得光禿而毫無生氣，總是低垂著萎黃的葉片。生命似乎在此停頓了，這樣厭厭不振的頹喪，看來甚不美觀。即使我天天澆水，期望它能有所振作，但它仍然欲振乏力。

我就這樣和它一直賴在原地僵持著好一段時間——我不改天天澆水習慣，但它仍然不為所動，沒有萌發出生息，我想拋棄它，但又覺得可惜。每天為陽台的盆栽澆水時，一見到那枯萎的文竹，都讓我感到不知如何處置的煩心。我在不了了之和壯士斷腕之間游走多時，終於，因為看不下去，這天我決心毫不留情地把它所有的枯枝萎葉一併剪去，只留下數枝三寸長的主枝，再加了一些新土。至少讓這沒有枯枝的盆栽在外觀上順眼一些。我把這已沒有綠葉、看起來不起眼的盆栽，移置到背陽半陰的平台上。就這樣隨它去吧！

人生常是這樣，不期望的時候，反而有更大的驚喜。

我仍像往常一樣平等的為每個盆栽澆水，有一天，竟然意外地發現這盆文竹的主枝上發出許多嫩綠的新葉，蒼翠欲滴。我不禁驚奇，生命會有這樣的峰迴路轉。漸漸的，我了解文竹有它的生長習性，它喜溫暖通風的半陰環境，不能過度曝曬，對水分有嚴格要求，它喜濕怕旱，但又忌過濕，這分寸的拿捏，就是植物的適應性。過去我沒有拿捏好它的適應性。

無生不死，無死不生，這是亙古不變的關於生與死的法則。但我們總是缺乏改造的決心，缺乏置之死地後生的勇氣。維持原狀、站在原地總比重新改造來得省力。這種習慣使我們錯失重新出發的良機。改變現況，需要行動力。而真正能激活行動力的關鍵，卻是改造的決心。我們應向植物學習堅忍，也向植物學習活力，更向植物學習面對生死的智慧與勇氣。

當生命停滯不前的時候，正需要我們決心改造。世間許多事物，儘管生息尚存，但是萎靡不振，如果我們嘗試改造，說不定會有不一樣的光景。

生命的未知永遠可期，只要你願意。

——本文原以〈文竹給我的啟示〉發表於一〇七年二月十六日《聯合報繽紛版》

刪除

她只是個孩子，我又何必和她生氣？我不斷的在心裡勸告自己。但仍然很難平心靜氣的去面對這樣的人事。人都有底線，豈能被踰越？人心有誠懇，豈能被踐踏？

教學生涯的記憶大多是值得存取的美好，但總會遇到少數幾則令人不甚美好的教學經驗，雖然極少，但也容易令人傷神。面對負面的人事，就要學會刪除。人的生命容量有限，若不及時刪除一些不重要、不必要的內容，勢必影響我們對更珍貴事物的注意力。

併校之後的第一次在本部開通識課，上課地點仍然選擇在南大校區，所以選課的學生不多，大部分仍是南大的英教系與藝設系的新生。其中也有幾位來自校本部的陸生，她們都是一早搭八點的校車到南大校區修課。雖然是通識選修課，也還在加退選階段，但為了讓課程可以儘快上軌道，我通常習慣開學第一週就正式上課，也向學生宣布第二週就要開始點名。

有一位來自本部人社系大一的女生，是直到開學第四週才加選出現在教室中，一來便向我索求前幾週發下的大綱講義，並要求我把投影片資料補寄給他。我詫異地問她，我都上課到第四週了，你為什麼到現在才來選課？她表示之前並不知道本部生可以選修在南大校區開的課。這個理由讓我頗不以為然，但畢竟第四週才是學校規定的加退選截止日，我似乎無法說什麼。

為了這位在第四週才出現的學生要求，我必須再抽空把前三週的講義找出來補印給她，同時又要一一的把之前都已經寄大家的投影片一個個再寄給她個人。並在信中重複地向她說明這門課中要求的規範與細節。

她總固定坐在右側第二排的第二個位子，和我維持著不遠也不近的距離。有時會主動在下課時來找我談話，內容不外乎是談自己在高中的社團經驗、創作的熱愛與未來的理想。有一回下課後，打算回研究室了休息，她卻找我談話，談她的成長、談我上課所介紹的作家、還有對本部開課的想法，她和我從中午十二點聊到二點，二小時過去了，我其實還有很多工作要忙，但為了教師的職責也只好奉陪。

她向我反應我選講的文本幾位作家的作家像王鼎鈞、阿盛、簡媜、龍應台等等都年紀大了，期望我能多選一些新世代的年輕作家的作品。我則回覆她：「雖然這些作家與作品反映的內容並不年輕，但他們代表了一種成熟的歷練與經典的厚重。散文的本質來就是一種適合在中老年之際回望人生的文體。如果你不喜歡我的選文，你在分組報告中也可以選擇你喜歡的青春作家來與我們分享。我們便可以在課堂中進行兩代之間的交流。」後來這位學生，果然選了一位和她一樣年輕的作家——在僅十六歲時寫出《裙長未及膝》的許瞳做為報告的主題。作者很青春，作品也很青春，與我有著世代的差距。新世代的青春寫作，是在科技文明和物質較為豐厚的社會文化語境中成長起來的一代，契合了受眾的審美趣味，較易引發了年輕人的情感共鳴。但這位學生的報告卻只是泛泛介紹這本書說了什麼，我看不見她從中思考到什麼。

後來，她到南大校區參加語文競賽作文組，我剛好是命題與評審老師，我特別留意一下她的作文卷，文中對題義引述的例證是來自於我在散文課上的對張愛玲和王鼎鈞資料的介紹，整篇作品表現平平，似乎和她和我聊天時強調在寫作上有野心和表現的原本預期有些差距。

期中考試題中，有一題算是給分題，要學生們表達這一學期以來上課的感想與對自我的反省。這位學生不像一般學生按題答覆，而是列舉了一大堆她在本部修的「文概」課中老師所說的幾段話。然後列了一大堆她接觸過的作品，反問我有沒有讀過這些新世代作家作品。她所列作家應該是新的年輕作家，我確實沒聽過這些陌生的文壇新秀。我不明白這些內容和我的題目有什麼關聯，至於本部的老師上課講什麼又干我何事呢？雖然我見這種答題內容很反感，但我仍儘可能排除主觀情緒的干擾。想想基於鼓勵吧，她畢竟也寫了整頁文字，仍然在那題給了她滿分。但現在想來好後悔。

學期結束了，我把成績算出了之後，為了避免出錯，先把期末作業與總成績表寄給大家，請學生若對成績有問題，在預定的日期之前向我聯絡。一個班只要有一個學生對你的分數提出質疑，便是你的麻煩開始。很多事不能按計畫順利進行，既不是制度的障礙，也不是能力不足，而是遇到了人的刁難與難搞。這位學生面對自己總成績81分，來信質疑，並引用法條警示我：「依據國立清華大學個人資料保護政策第十三條：除依個資法第八條或第九條規定依法免告知外，於處理或利用前應清楚告知當事人，本校將會以何種方式使用他們的個人資料，並且尊重當事人與其個人資料的相關權利，包括對於個人資料的存取權。」指出我寄期末作業成績及總成績的郵件給所有同學，明顯已違反個資法、個人資料保護政策、校內成績有疑問或異議處理程序第三條。我為求工作效率，一次把所有成績同時寄給大家的無心之過，未料竟被學生以「違法」之名授人以柄。

接著她要求知道她的各項成績，再度引用「依校內成績有疑問或異議處理程序」法條：「學生試卷、作業、報告等成績評分之原始資料如未發還學生，申請複查學生可要求查看本人之試卷、作業、報告等之評分」，要求我必須透明據實告知她的各項成績。

我很驚訝而且不能理解，為何一位才剛告別高中生涯的學生，會動不動用法條、法規和老師詢問。基於職責，我仍是有耐心一一回覆她的要求，包括各個項目的配分比重，以及她各項配分之後的所得。

原以為事情可以結束了，但她又來信，對自己期末作業只有85分不滿意，她認為自己十分認真與努力在寫，不該只是這種分數。我有些錯愕，因為相較幾位很用心同學的表現，我真的看不出她有認真在寫這份作業。我給了她85分還算偏高，我現在很後悔為何一再給她鼓勵。我只好再耐著性子回覆她：「我規定期末作業對散文文本的分析至少要二千五百字，而你的作業不到二千字，在內容上有一半以上都是龍應台那本家書中的引文，你自己的見解不到三分之一。加上你的寫法沒有一個脈絡可尋，點的跳躍，只求隨意抒寫，我根本看不見你對這份作業有多少投入。」她則反問我：「要怎麼寫才有系統？」，我再度舉例說明：「你應可以……這樣寫比較有系統……」，我仍然有一句句地耐心的回信向她說明其寫法可以求改進之處。

但她並不就此結束，又再度來信，這次她提出的問題是我在信中對她成績的算法和開學時給的大綱中成績比重的版本不同。

這一點，我自知理虧，確實因為大多數的學生期中考分數不佳，我在期末時有把成績配分比重做了些許調整，這位學生認為不同版本的配分方式會導致成績有所差異：「老師為了期中考考差同學做的利益衡量，卻讓部分同學的總成績愈漸下滑，是否已影響到認真上課準備期中考同學的權益？對期中考高分的同學並不公平。而且課程大綱是某種形式上的契約，若老師調整配分，我認為應透明化、公開化，且讓同學有為這樣的調整發聲的權利。」她再度以契約等法律術語來和我談事情。

在期末總結各項工作的忙碌中我確實少了向大家宣布調整配分的步驟，為求心安，也為了結束這樣的沒完沒了，於是好去信向所有修課同學說明，並表明若大家對這樣調整有意見，我可以改為原先的比重。或許因為是通識課，加上其實配分差距並不大，其他同學並沒有對我中途做的調整與變更有異議。

但這位學生仍然不放棄，再度來信質疑另一項分組報告分數：「關於分組報告不知老師是如何給分的，老師是否知道我們私下分工的狀況，所以想問老師一組是給相同的分數或是依個人在台前的發表有不同的分數呢？」在她的說明中，是透過批評另一位與她同組的外系學生沒有什麼付出來強化她的認真：「從選文本到蒐集PPT的所有資料，都是我一人包辦，到報告前一晚她才臨時加入個人心得，上台時，我考量到她幾乎無參與先前之準備，於是讓他有多些報告的機會，想說如此才不會使他的報告成績非常低，但估算了一下我上台報告的成績，我認為與我的努力並不相符合。」

這位學生似乎總是自我感覺良好。我只能回覆她，她和同組同學之間工作的合作狀況我無法得知，只能就報告所呈現來打分。

但她顯然不甘心，又再度來信質問我，出缺席和預習調查她的得分次數不該那麼低，她表示她每一週都有預習：「我記得從加退選後我有三次未出席，一次有請假，若請假不扣出席分，我的出席分應是13分，另外預習調查的計分，我一借到課本便一次閱讀完畢，老師發下的補充資料我在課堂上便會全部閱畢並做筆記。我能用我對文學的敬畏與下功夫保證我每次都有徹底預習。依我所認知道的分數計分，我分數應是89.75，請老師告知我知道我哪六次沒有來，我不記得我有這麼多次沒出席，以及哪三次沒預習到。」

我想到了，她是開學第四週才出現，所以當然少算了二次預習和出席的計分。她認為我的評分從第二週就開始算計，對於在加退選後才參與課程的同學有失公平。

我為她個人重新調整了分數比重後，幫她調整了分數加回四分之後，我的成績因這番波折竟是拖到學校規定送繳的最後一天期限才得以交出。在這幾次的折衝往返之中，對於她的姿態，我心裡也不舒坦，仍不免語重心長地對她說：「我相信我自己對學生已經十分尊重了，我也期望可以看到學生應有的禮貌。你可以向我表達意見，但你的措詞有失學生對老師應有的尊重，請別讓我感歎，頂大的學生是怎麼了？」

她見信後並沒有反省，簡短的回覆，維持一貫清大人高傲的姿態：「的確，人以和為貴，祝願一切安好。」

「以和為貴」?! 這四字個字已定位了我和她之間關係。她是站在平起平坐的角度和我應對，顯然她仍未能反省自己的言行與分寸的拿捏，顯然她仍然不懂得彼此之間的輩分的分際。這就是過度開放的民主社會裡所教育出來的新一代的行事風格嗎？究竟是這個時代變化太快速了，還是我太落伍了，為什麼新世代的處世風格與我是那麼格格不入？

和這位學生在期末三番兩次來信為了成績而耗時費心的書信往返的經驗，是我教學史上最不愉快經驗，讓我也落入了一種分清楚了愛惡、便可能就分不清對錯的境地。我竟然不由自主的在心中「幹！」一聲連連。或許外在壓抑太久，連內在的「本我」都在為我抱不平吧。

為什麼我真誠待人，認真應世，卻總會遇到磨損我的工作熱情、耗損我的生命的人？

我願意為貼心的學生付出，我願意為相知相惜的學生努力，但要我一再催交作業、要我一再來回解釋我已經說過的話，我覺得累。

我願意為來信致謝的學生費時回信交流，但要我對那些自我感覺良好、卻對人缺乏尊重的學生不斷的回信說明，我覺得累。

教學工作不像吃飯，吃個七八分飽就夠了。有時你費盡十分力氣，也未必有一分的收穫。很多情況下，你有能力搞定一件事，卻難以搞定一個人。而這個人，偏偏會壞你的事、亂你的心。我知道「對事不對人」的工作守則，但不對人絕不意味著我可以做到不在乎人。在我心中，無效的師生交流常常是那種無法給你的精神、感情、工作、生活帶來愉悅感和有效進步的交流活動。這種交流活動不僅浪費時間、身心疲憊，而且特別容易讓心情低落。

今天教學評鑑成績出爐了，雖然這門課拿到了全校教評「前標」的平均分數之上，但在開放性的意見中看到這一則，我就知道是這名以清大人為傲學生的留言。她寫了好大一段，內容大多在強調自己身為文學科系的學生，很多選文內容以前已讀過，只把這門課當作中學國文的複習，對生命的感懷以及再現，然後點出了她讀了很多書，應該被加分獎勵：「期望老師針對程度較好的個別學生，可以增加幾次讀物心得加分的機會，讓文學程度較有餘裕的同學能在文本上更著墨，另外文本主題的選擇，我認為可以更當代一些，去吸收現今台灣的文學界如何發展，會讓老師大吃一驚。多元的同志，青春等議題，或許試著去了解現在學生讀些甚麼，能幫助老師的教學。畢竟，經典常在，時代的脈動也是文學的重點。世代間相互理解也非常重要。另外，可增加文學地景走訪以及講演之課程，讓這堂課更加運用在生活中。建議老師可去本部中文課或相關通識課旁聽看看，或許會有文風學風甚至教學風格上歧異的體會，身為學生，很能夠明白兩者之間的互斥及矛盾，但我相信它的確是有理由的，我們都值得更好的頂大。」

這一字一句像是從評鑑表上鬆脫扯斷一條揭開內心憤怒的拉鏈，我的心已變成玻璃。「我們都值得更好的頂大」，我們都值得更好的頂大？我真的啞然失笑，這世界上什麼才是真正值得？不是冠上「頂尖」的名號就真的具有「頂尖」之實。失去本質的頂尖還能算是真正的頂尖嗎？

從該生這一席話來看，她是以一個更高學府的資優生之姿來修習一個較低學府課程的心態來上課。首先，她認為自己是正宗清大本部的學生，眼界寬、思想新、能詮釋世代差異，宏觀文學變遷。其次，她認為自己的任何表現就應該要比南大校區的同學高分，即使她比不上其他同學用心，但她的身分與氣質就應得到肯定了。但南大校區的老師竟不能理解她有多優秀，於是建議老師即使在併校之後也應該求新求進步，要吸納高學府「頂尖」的校風，以提昇自己教學的層級。

如果大學中的師生關係不是讓學生成為尊重學問的學習者，不是建立一種師生之間互相尊重交流的情緣，不是讓老師去引領學生成長出生命發展所需的能力，那學生有何理由要來到大學進入這樣的師生關係中呢？

我想起她來找我聊天時，動不動就提及她在清大本部上課，某位名師說過：「某某作家不足為道」、「某某作家的作品不必看了」、「某作家根本不是文學……」，她把這些貶抑他人的話語奉為聖旨，於是推波助瀾了目空一切、眼高手低、昧於自見的頂大文科「資優生」。憑心而論，這位自以為頂尖高學府的資優生，在課上各項表現平平、並不出色。但卻比那些表現優良又認真的學生更虛張聲勢、傲慢縱恣，缺乏一個學生對長輩應有的分際與尊重，這是什麼原因造就出來？如果從頂大從上層到基層都是這樣的姿態，又如何不造就出這樣姿態的學生？

不會做人，讀再多的書都是白費。

這位學生對自我的認知顯然與別人的看待有相當的差距。人生在世，永遠要學習的就是持平的看待自己與他人。不要把自己看得過高，也不要把自己看得過低，不要過高地評價自己，也不要過低地看待自己。

教書二十年，我為學生耗時費心的經驗其實很多，但大多能讓我從中感受到承擔責任的快樂，看到學生感謝或進步，我都心甘情願。但對於為這位學生因質疑分數這樣大量時間和精力的耗損，卻讓我感到十分疲乏與不值。生命應該花費在美好的人事上，而不是這樣凌亂破敗的事情上。

時間是短暫的，畢竟屬於每一個人的就只有那麼幾十年的光陰。年過五十之後，我更加愛惜我的生命，總是非常吝惜地盤算著生命中的每一分秒，可是很多時候，我卻把大段的時間放在那些無謂的事情上。我們的精力無法承載那麼多人，那些人也從來不在乎你的感受。所以，不必把這些無足輕重的人與事，請進生命裡，因為他們一點也承受不起你的重視。

難搞的人如果實在搞不定，就忽略他吧。把更多資源用於其他更容易搞定的。我們要把時間留給值得的人。人和人之間就是一份情，一份緣，你珍惜我，我會加倍付出。你不尊重我，就讓一切刪掉。被刪去的，都是垃圾，留下的，才是風景，才是人生。

人生就像一場旅程，中途下車不是風景不夠美，而是用心不夠真；半路轉身不是緣分有多淺，而是感情沒多深。人越活未來的時間就越少了，實在不該為這件事情來影響心情。我們應把時間花費在讓自己變好、進步的事。於是，我把期末以來和這位學生的信件往返一一刪掉。這些耗損生命的往返，對我而言都是垃圾，像這樣的記憶，只適合讓回收桶永遠清除。

刪掉不必要、不需要，以及不該要的人事物，才能彰顯必要的、重要的內容。我們更能專注在自己所珍惜的人事物！

——本文獲得一〇八年度教育部文藝創作獎教師散文組優選，
被收入一〇八年度《教育部文藝創作　得獎作品集》

何須正名

名片是一種向別人自我介紹的方式，處在浮名喧囂的世代，現在人誰沒有一盒精美的名片？過去以來，我從來沒有想過要為自己製作名片，總覺得自己生活簡單，周圍的朋友都已經是熟悉我情況的人，何須名片來代言？

直到我升等教授了，爸媽認為教授的職級得來辛苦，便要我去印製名片，也好讓人家知道他們的女兒已經是教授了。當時還是覺得，職級改了這便是事實，又何須名片來證明我是教授的身分呢？直到我接手了系主任工作後，因為開會、主持、洽談、評審的次數也變得頻繁，與外界接觸的機會多了，每當與人接觸，對方拿了了自己的名片欲與我交換：「您好，我是某大學的某人，可以和您交換張名片嗎？」，我只能一時情急生窘，手足無措而歉憾地說：「抱歉，我身上沒有名片！」然而這樣的次數多了，我開始感到困擾，無法讓對方能及時掌握和我的聯絡方式，實在很不便，心想，準備張名片似乎是講究效率便捷的時代社交之必須。

準備名片的念頭稍起，但仍然在日常的忙碌乃不被提到重要的議程中。直到接獲了校長秘書一紙公文，告知暑假中校長安排了一場與東南亞各國進行華語教學校際合作交流的為期一週的出訪行程，校長特別指派二位相關系所主管陪同前往，其中一人就是我，在無法推責的情況下，懷有著社交恐懼症的我，好像也只能硬著頭皮準備出國的行程。既然我是代表系上和學校出去拓展未來學生境外華語教學實習的交流，名片是必備的工具。但在時間限制下，我只好自己設計名片。用最清純的藍天白雲為底色，前面是中文版，後面是英文版，上面簡單介紹了我任教的單位與職稱，還有聯絡的管道。本想請影印行只要印個一百張，大概足夠我任期內使用就好，但印刷行強調它們最低份量就是一盒至少要二百四十張。好吧，就只好這樣，但我想屆時能發出去的恐怕不到三成。

從此，我隨身帶著這盒名片，它成為我出入於各種人際場合必備的交流工具。然而個性有些內向自閉的我，每當在各式人際往來的場合中，打算取出自己的名片要向對方介紹自己時，總有一種壓迫感，全身的細胞都處於高度緊張中，總讓我不能自在從容的向對方介紹自己，好好傳達我的心意。缺乏交際手腕，卻必須出席在各式有頭有臉的人群中的我，總有著不合時宜的違和感、難能自在的焦慮感。

那些和你交換名片的人，必然不是熟人或朋友，我好像只是藉著這名片上的頭銜在與人交往，而別人或許是因為這個頭銜才熱衷和我應酬吧！至於頭銜之外的真我——那個其實很不習慣、甚至排斥與陌生人酬酢的我，只能暫時隱匿壓抑。把自己的名片遞出去，嘴裡說著：

「很高興認識您」，「期望未來能多多聯繫呢」，「有機會歡迎您光臨敝系」，「期待再見面喔！」其實心裡也明白，我在說些言不由衷的話，人生有緣見此一面，就是難得，以後未必有重逢的機會。初見面有時就是最後一次。有些人也只是點頭之交，你未必真心期待和每一位朋友都能有下一次、進一層的交往。

在那趟跟著校長東南亞校際交流的出國行，最深刻的印象就是不斷地出境、入境，登機、下機，入住、退房、會面、餐敘、握手、點頭……，然後不斷地向一路見面的各式人物遞出名片點頭微笑，傾身握手，直到笑容僵硬，姿態僵化。行旅匆匆，驛馬蒼惶，人前人後，身不由己，跟在長官身旁卻一刻不得放鬆，東南亞異域文化的奇景殊勝、另類生活風光的獨特姿彩、酸甜香辣的各式美味料理似乎都顯得平凡庸碌。

我其實更想念清晨時在家中喝著我最愛的綠茶優酪乳配著黑糖饅頭的美好日常。我想念能粗服亂頭地在家中電腦前工作、不必面對人群的自在自得。我想念睡前在家中客廳賴著沙潑看書卻難以控制睡著的隨性。這一個星期的出國訪問對我而言真是度日如年，每天都在估算回台灣的時刻何時到來。我好期望這趟出國行陪在身旁的是家人。就算要出國，也應該是與家人好友一起悠閒的出遊，而不是頂著職名、為了公事而奔波。這場帶著名片交流的出國行，讓我看清自己性格的本質與缺陷，我沒有征服世界的野心，也沒有足夠的虛榮作為工作績效表現的動力，我只想安安靜靜地在斗室內烹調出我最真實的滋味。

真正的探索之旅不並不在於遊歷新鮮的地域，而是發現真正的自我。我不想做一個面面俱到的人，只想做一個自然而然的人；我也不想做一個忙於應世的人，只想做一個保有自我的人。正因為名片上載負的職級名位，讓我失去了真正的自己。在擔任系主任的那段日子，我常常因過多頻繁的應酬感到疲倦，頻繁的社會化意味著自我的缺失，過多的往來已經侵犯了個人的生活空間，過多的應酬也降低了生活的品質。

二年的系主任工作，就在忙碌中結束了，也好像總在名片交換的周旋中結束。待系主任下任後，那盒標記「新竹教大中文系系主任」的名片仍大多未送出，但於今又不適用，因此只好棄置一旁。然而在參加學術研討會中，仍然會遇到必須交換名片的時候，在情急之下，只能把系主任頭銜用立可白塗去再交給對方。隨著我參與學術會議的次數多了，總是用這種塗改以變通真不是辦法，只好再去重印一張符合我現職與身分的名片。但就在新名片拿到後沒多久的時間，新竹教育大學和清華大學突然宣布在半個月之後要進行合併。這盒新名片竟然只送出了幾張便不適用了。

現在，我已經不打算再去重印名片了。即使父母說：「從新竹教大教授晉升為清大教授吔，再怎樣清大的名號比較好聽啊！去印張新的名片吧。」但我完全缺少那股勁兒。

我並不以擁有清大的名號為樂，我等本來就是「偽清大人」，我覺得我們是穿著別人的外衣。竹大人只是被迫併滅的「遺民」，「遺民」在異己的名號下，終究只是邊緣人心態，無法全心認同。「清大」不論多麼「頂尖」，這個名號對我而言沒一點實質上的情感意義。我不必背負著「頂尖」，無須「揚名顯姓」，自喜漸不為人知。遠離那些居「廟堂之高」的權力中心，我等處江湖之遠，正好可以拋開紛擾，安靜地守候著自己，像一株不為人知的植物一樣，不去和別人比花期，不去和別人比強大，做好自己分內事。只要曾經盛開過，就是幸福。在併校之後的邊緣人生活中，我願意在無聲處，在自我的生命時光中，靜待我的花期。

想起了杜甫在人生失意時游曲江，寫下了「細推物理須行樂，何用浮名絆此身」句，柳永在科舉失意之後寫下了「忍把浮名，換了淺斟低唱」，不論他們對浮名的價值判斷是否出於一種缺失性補償的自我安慰，但可以確定的，如果他們一味追求浮名，將不會有日後的創作成就。這是個變動無方的世界，流轉快速的世界，頭銜是虛的，名號名位也是空的。我突然了解，人生其實可以很簡單。簡單的生活，簡單的人際關係。尤其是人情世故，越簡單越好。人生在世，貴有自知之明。既有自知之名，又須名片加以印證呢？名片只是一種外在的附加。名片是虛浮的，隨時可以重新印製、也可以隨時被拋棄的。

時間一久，名片可以成為記憶的載體，但也可以成為失憶的證明。雖然我的確因為和對方交換了名片而有了「後來」的交流，但更多時候，在人來人往之中，一直有新的朋友在認識，而已認識過的，雖不會刻意去遺忘，卻也不知不覺地忘了許多人。我手上握有好多張用我的名片交換而來的他人名片，那一張張上面載著某某學校校長、院長、館長、某學會的會長、秘書長、執行長、政策顧問、作家、特聘教授、優聘教授……，無不催發著名人熱力、名氣光彩，彷彿透過不斷送出、遞交到他人手上便可以一舉成名，催發出大師、大老、大家的力量。恍惚間，人們突然可以透過這小小紙片，想像出自己到底有多大能耐改變世界。但這些名片除了上面記載的頭銜、身分、名號之外，其他的內容，我竟然一片空白，我居然想不起我究竟在何年何地與這個人交換了這張名片。我居然忘了他們的相貌，只剩拿在手上，認載著名字、頭銜、住址、電話的名片；最重要的那個人——那個代表著名片上一切意義的人，在記憶中就只剩下模糊一張臉了。

以己之心，度人之腹，我想自己的名片應該也同樣會被別人遺忘而掃入時間的灰燼吧。人與人，以名片而相識於倉促之際，也該相忘於江湖之中。我不會在意他人丟棄了我的名片，忘了我的種種。因為生活中最大的肯定來自於自己給予，最大的認可是對自己的滿意，而非來自外界的浮名利祿。我有自知之明，進而明白，那些五花八門、形形色色的「浪得虛名」，都是要支付自己有限的人生。每個人的窮達高下，各有因緣，無須羡慕。

正名名焉寄，何須正名乎？我仍然想脫盡虛銜浮名，追求名號底下的那個自己，做最真實的自己。聆聽自己生命裡的真性情，此中的踏實自在遠非浮華名號可比。

——本文寫於一〇七年一月

語言文學類　PG2349　秀文學33

且向花間留晚照

作　　者／黃雅莉
責任編輯／洪聖翔
圖文排版／楊家齊
封面設計／王嵩賀

發 行 人／宋政坤
法律顧問／毛國樑　律師
出版發行／秀威資訊科技股份有限公司
114台北市內湖區瑞光路76巷65號1樓
電話：+886-2-2796-3638　傳真：+886-2-2796-1377
http://www.showwe.com.tw
劃撥帳號／19563868　戶名：秀威資訊科技股份有限公司
讀者服務信箱：service@showwe.com.tw
展售門市／國家書店（松江門市）
104台北市中山區松江路209號1樓
電話：+886-2-2518-0207　傳真：+886-2-2518-0778
網路訂購／秀威網路書店：https://store.showwe.tw
國家網路書店：https://www.govbooks.com.tw

2019年10月　BOD一版
定價：300元

國家圖書館出版品預行編目

且向花間留晚照 / 黃雅莉著. -- 一版. -- 臺北市 : 秀威資訊科技, 2019.10

面 ;　公分. -- (語言文學類 ; PG2349) (秀文學 ; 33)

BOD版

ISBN 978-986-326-744-7(平裝)

863.57　　108016537

讀者回函卡

感謝您購買本書，為提升服務品質，請填妥以下資料，將讀者回函卡直接寄回或傳真本公司，收到您的寶貴意見後，我們會收藏記錄及檢討，謝謝！如您需要了解本公司最新出版書目、購書優惠或企劃活動，歡迎您上網查詢或下載相關資料：http:// www.showwe.com.tw

您購買的書名：________________________________

出生日期：________年________月________日

學歷：□高中（含）以下　□大專　□研究所（含）以上

職業：□製造業　□金融業　□資訊業　□軍警　□傳播業　□自由業
　　　□服務業　□公務員　□教職　□學生　□家管　□其它_____

購書地點：□網路書店　□實體書店　□書展　□郵購　□贈閱　□其他

您從何得知本書的消息？

□網路書店　□實體書店　□網路搜尋　□電子報　□書訊　□雜誌
□傳播媒體　□親友推薦　□網站推薦　□部落格　□其他__________

您對本書的評價：（請填代號　1.非常滿意　2.滿意　3.尚可　4.再改進）

封面設計____　版面編排____　內容____　文／譯筆____　價格____

讀完書後您覺得：

□很有收穫　□有收穫　□收穫不多　□沒收穫

對我們的建議：________________________________

____

____

____

請貼
郵票

11466
台北市內湖區瑞光路 76 巷 65 號 1 樓
秀威資訊科技股份有限公司 收
BOD 數位出版事業部

（請沿線對折寄回，謝謝！）

姓　名：＿＿＿＿＿＿＿＿　年齡：＿＿＿＿　性別：□女　□男

郵遞區號：□□□□□

地　址：＿＿＿＿＿＿＿＿＿＿＿＿＿＿＿＿

聯絡電話：(日)＿＿＿＿＿＿＿＿(夜)＿＿＿＿＿＿＿＿

E-mail：＿＿＿＿＿＿＿＿＿＿＿＿＿＿＿＿